貞恵抄

おたんちん

評伝・原民喜 Ⅱ

小野恵美子
Ono Emiko

土曜美術社出版販売

——貞恵抄——
おたんちん
——評伝・原民喜 Ⅱ

おたんちん——評伝・原民喜Ⅱ＊目次
——貞恵抄——

一　ためいき　7
二　カオス（chaos）　15
三　おたんちん　25
四　母ちゃん女房　41
五　闖入者　59
六　愛の底に　63
七　無能　77
八　遺言状　89
九　事件　95
十　疾い星　99

支援　あればこそ　あとがきに代えて　114

―貞恵抄―

おたんちん

――評伝・原民喜 Ⅱ

一　ためいき

「そこにあるのに（中略）あなたがそんな風だから心配で耐らないの」[*1]

私のために、やすりをお探しのよう、アンプル用の――。

臥所《ふしど》からも分かる。なぜ、視界に入らぬ。危篤に陥る数時間前のことだ。貞恵は死際まで明晰であった。

十一年（昭和八年・一九三三年結婚）は、あっという間であった。声を荒らげることもなく、なごやかな心の落ち着く暮らしであった。時折、個性の違いが摩擦を生むものの、それを白黒つけるまで追求することはなく、その摩擦をばねに新しい展開が始まるのだった。二人のエネルギーはたくましかった。元来、お互い諍いを好まぬ穏やかな性分で、笑顔がよく似合った。

舵取りはおのずと貞恵である。場をわきまえ、臨機応変に対応していくさまは見事である。賢明なのである。

民喜にあっては、日常生活の基本が見直された。民喜自らの意志による。妻より、火の熾し方、米の磨ぎ方、洗濯・掃除、障子の貼り方をはじめ、字画の順序、算盤の加算などの手解きを受けた（「忘れがたみ」〈知慧〉*2）。

何不自由なく育ったものの、兄弟姉妹の多い境遇*3には行き届かないところであり、弱点でもあった。遅ればせながら、民喜は、貞恵の指南の下で、心から楽しんで家事万端の学習をしたのであった。また、貞恵も、呆れながらも喜んで伝授したのであった。


貞恵は苦笑した。そして、相手のままならぬさまを改めて飲みこんだ。それはまた、この期に及んでもため息ばかりで見納めがつかない自分への苦笑いでもあった。

私はこの人の妻であり母親なのだ。貞恵は鷹揚に構えてきたつもりである。

当初から、尋常でない出来栄えと値踏みをし、積極的に心を寄せていった。作品を愛し、果てはのめり込み、一途に守り抜いたのである。

貞恵は、事に民喜が絡んでくると、身構える。忠告を遠ざけ、耳を貸そうともしない。まかり通る批判のことごとくを撥ねのけ、身をかわす。それこそ全身で異を唱える。貞恵は、忠告が半ば的を得ており、しかしながら、もはや引き戻せぬものと得心しているからだ。で、相手に見得を切る。ひたすら自分を納得させるために。でないと、罹病の身があまりにも不憫である。

まだ、二人の共同作業は入口である。貞恵は心底嘆いた。諦めきれず見通しもつかぬまま、三十三年の生涯を閉じようとしていた。

あからさまの、ありのままの嘆きであった。深い、底からの吐露に触れ、夫はたじろいだ。重症にある者が、なんという確かな指摘を……。胸を突かれた夫は、ただ妻を見つめる。瞳が潤んできた。

「勘がないのですか、打てば響くといふやうになつて下さい」*4

何度諭されたことか。貞恵の息づかいは荒く、鬼気迫るものがある。民喜は、今までにない激しさをまのあたりにし、立ったり座ったりと実体なく動き回るのであった。

病が進むにつれ、貞恵のすることは、精彩を欠いてきた。そして、思うようにならないもどかしさを補うかのように、持ち前のさえざえとした鋭い感覚を研ぎ澄ましていった。時には、切っ先鋭く、相手を追いつめることもあった。

「あるものが見えない」——民喜の眼は節穴か。いや、ゆるゆると緊張感から解き放たれた状態ではないだろうか。目下、警戒レベル0《ゼロ》、筋肉が弛緩した状態にある。貞恵の容体は切迫の度を強め、一刻の予断を許さないものの、幸せなことに、いまだ民喜は貞恵の懐にあるようだ。

　感性を頼りに生きてきた民喜であった。戦時下に入り、悲惨なできごとが次々と起こっていくことに、恐怖とショックを禁じえなかった。

　民喜には、負のイメージがつきまとう。少年の日に味わった父や姉の死、言葉を発することもなく一人で過ごした中学時代、加え、教練では、「まわれ右、前へ」ができなかったという事実がある。民喜は運動音痴であった。民喜の筋肉は慣れを生まず、繰り返し重ねようと滑らかな動きとはならなかった。

　別の視点からの、つまり、心への働きかけが必要であった。運動音痴の殻を突き破り、使い慣れぬ筋肉を奮い起たせる温かい手が必要であった。が、当時は、奇形の動きとして人々の好奇の対象にしかならなかった。

　概して、慣れは、習熟とともに心地よいリズムや安心を生む。が、民喜にはどの着地も新しく写る。使い慣れぬ筋肉が立ちはだかり、何度繰り返そうと、定着していかない。

　繰り返しがもたらす学習は、望めないのである。その都度、別の感受性が受け入れを拒み、難色を示す。簡単に染まらない。全身で反応する。結果、所作はとまどいの連続となる。諸事万端ぎこちなく見るにたえない。つまり、わたしたちは、現実を離れたところにそれを見つめる姿のあることを知る。

民喜のお相手は大人でなければと思う。で、民喜と貞恵の間柄の望ましき形を、学生時代親しんだ文楽に見る。飛躍が甚だしいのだが……。

語りに合わせ、人形は演じる。人の手で、人形は、繊細にも大胆にも演じて見せる。最初気になる黒子《くろこ》の姿も、次第に気にならなくなる。むしろ、力が添えられてこそ、羽ばたき、宙を舞う。そこに、息を吹きかけ、手を添える者が要る。

民喜の場合、黒子は妻貞恵である。末期《まつご》におよんでも、機転のきく貞恵は、世間とのパイプ役、すなわち、通訳であった。

＊1、4　「遥かな旅」『定本 原民喜全集Ⅱ』（一九七八　青土社）。

＊2　「忘れがたみ〈知慧〉」『定本 原民喜全集Ⅱ』（一九七八　青土社）。

＊3　兄弟姉妹の多い境遇

原信吉（慶応2～大正6）
ムメ（明治7～昭和11）

- 長女　操（明24～大13）
- 長男　英雄（明26～28）
- 次男　憲一（明28～同年）
- 次女　ツル（明30～大7）「魔のひととき」「愛について」
- 三男（長兄）信嗣（明32～昭62）

├三女　千代（明35〜平5）
├四男（次兄）守夫（明35〜昭53）
├五男　**民喜**（明38〜昭26）
├六男　六郎（明41〜45）
├四女　千鶴子（明43〜昭52）
├五女　恭子（大元〜平5）「壊滅の序曲」康子
└七男　敏《さとし》（大5〜昭48）

・NHKスペシャル「永遠の祈り〜ヒロシマ語りつぐ一族〜」（一九九四・八・五放送）を基に、青土社、芳賀書店、土曜美術社出版販売、講談社、新潮社、勉誠出版、岩波文庫『原民喜詩集』年譜、その他を参考にする。

二　カオス（chaos）

大正十三年（一九二四年）四月、原民喜（十九歳）は慶應義塾大学文学部予科に入学する。予科には、中学よりの友熊平武二や新しく親交を結んだ石橋貞吉（山本健吉）がいて、意気盛んであった。六月には、三田の講堂で小山内薫の築地小劇場旗揚げ記念講演があり、山本健吉と共に民喜は参加した。民喜は彼らのエネルギーに触発され、引き込まれていった。

詩作に加え、熊平の影響で、民喜は、新たに句作を開始した。正岡子規、高浜虚子、与謝蕪村などを熱心に読んだ。俳句雑誌「ホトトギス」や虚子の小説を熟読し、その計算された写生文の技法を積極的に学んだ。

そこには、磨かれた窮極の言葉があった。後の彼の文章表現に、深い影響を与えることとなった。なお、さらなる研鑽を積むことにより、大江健三郎の「若い読者がめぐりあうべき、現代日本文学の、もっとも美しい散文家[*1]」という賛辞さえ生んでいった。

十四歳から、既に小説家になりたいと、呪文のように唱えて生きてきた民喜であった。

慶應の文学部予科に入学して以来、級友熊平に山本が加わり、視野も一段と広がり、読書の量や幅にも和洋縦横無礙なる心の広がりが見えた。教養だけではない。発表の場も広がった。

広島の「芸備日々新聞」、同人誌「春鶯囀」、家庭内同人誌「沈丁花」、回覧雑誌「四五人会雑誌」などに、民喜は、自らの望むままに俳句、詩、随筆、小説を次々と発表した。おのずと、読書・創作ざんまいの昼夜逆転の生活となり、出席日数の不足から学部進級が二年遅れることとなった。

又、長光太とは再度心の傷を語り合い、無二の親友の思いを固くした。

一方で、当時、民喜の周囲は一斉に左傾化していた。左翼運動は覚醒した青年の宿命とされ、一般的な流れがそうであったように、民喜もダダからマルクス主義に関心を持ち、運動への期待を強めていた。

遡《さかのぼ》れば、在広島時代、兄《あに》原守夫との雑誌（「ポギー」三集・大9・十五歳）の「サボタージュの歌」[*2]にみるように、反体制めいたものが芽ばえつつあった。民喜にあっても、社会の枠組みから離反していく予感を認めることができよう。

この頃の民喜の正義感は、生家が陸軍御用達[*3]であることに対するいたたまらなさに起因するものであった。

民喜は、昭和四年（一九二九年・二十四歳）から翌年にかけて、R・S（読書会[*4]）やモップル（日本赤色救援会[*5]）の東京地方委員会城南地区委員会にも所属する。

同大学学生小原（氷室）武臣は、山本健吉に呼びかけ、学内にモップル支部を置くこととなり、山本は会場を探していた。山本の頼みを民喜は快諾し、モップルの会合は民喜の下宿（芝区三田四国町〈現・港区芝〉金沢館）で行われるようになった。

昭和五年、六年と民喜はモップル広島地方委員会の組織化のため、広島に赴いている。民喜が胡川清の同意を得、活動の役割を果たすのは、六年であった。

民喜の街頭連絡の様子を、山本健吉は、「真っ青な顔してたってね。これはもう絶対だめだと思った……（笑[*6]）。」と、語っていたという。山本は、民喜に活動家にはなれぬ異質なものを見て取り、早晩離友していくことを確信していた。

民喜の一回目の逮捕は、六年の四月であった。が、民喜の役割は、活動といっても、連絡係である。末端の役目であることが知れ、即、釈放となった。この年、弾圧は激化し、主な左翼運動は自然消滅に終わった。

民喜の逮捕は、大物活動家からの単なる飛び火であった。だが、彼の打撃は相当のもので、迷わず運動を断念したのであった。彼からすれば、大真面目の転向であった。

以後、酒、女性に急傾斜していった。デカダンの度を強めていく中で、よりによってダンスに拘泥する。卒業を目前に、選んだ勤務先は京橋のダンス教習所（受付）である。民喜の執った消滅の流れには、破れかぶれの感がある。

それにしても、左翼運動の果てがなぜダンスなのか。教練で、「まわれ右、前へ」ができないほど、運動感覚の麻痺しているさまを目撃してきた長光太は、驚愕したという。

昭和七年（一九三二年・二十七歳）、卒業を前に桐ヶ谷の長光太宅に寄寓し、教習所勤めも始まる。三月には大学を卒業した。

運動音痴の民喜は、長光太のはからいで寺の本堂でこっそりダンスを習い、とりあえず勤めに必要な知識を整えた。これも、彼なりの自己超克であった。

だが、不運なことにこのような本人の努力が報われることはなかった。決まって相手から関係の断絶を突きつけてくるのだった。

世間体では、二十七歳と言っても、今まで金銭とは無縁な存在でありえたし、これからもそれで十分通用する民喜であった。

その民喜が、サラリーを手にするようになった。画期的なことである。本人はよほどの自信を持ったにちがいない。民喜が体験したことのない恋愛にめがけて走り出したのは、当然のなりゆきだった。

民喜は足繁く本牧に通った。そのうちに、そこで働く女に心を寄せるようになり、身請けすることになった。

二人は、長宅の二階で同棲しはじめた。ところが、数日後には男が現れ、まもなく女共々姿を消したのだった。民喜にしてみれば、一途な思いをあっけなく踏みにじられ、ショックに打ちのめされたのだった。

同七年の初夏、長宅の二階にて、民喜はカルモチンによる自殺を図った。幸い、量が適切でなかったことや発見者長の手際の良さも重なり、一命を取り止め未遂に終わった。

目を覚ました民喜は、「このこと内緒にしてくれ」[*7]と、光太に念を押したという。同時に、現実への冒険を切り上げたのだった。これが臨死体験の一回目である。この「死」が現実のものとならなかったことに、感謝したい。

「死」は民喜の身体を抜けていった。長光太は、「事前も事後も、普段と変らず、平静なもんだった。」[*8]と、語る。

年の暮れ、民喜は長とともに、千駄ヶ谷の外苑の裏のアパートに越した。

昭和七年（一九三二年）は、大学卒業の年であった。仕事、女性、自殺未遂と見過ごしできない事件が起きた。ここで、少々フィードバックしておこう。卒業論文は「Words-worth」論であった。十代の詩作開始から、ホイットマン、藤村、犀星などを通して、共生への素養はあった。

英国帰りの西脇順三郎がクラス担任であったが、記憶にないという。

事件後、はからずも結婚話が舞い込んだ。その内容は、自己超克が半端のまま挫折した民喜の心を揺さぶるものがあった。

原の実家は、仕送りの条件に、結婚を切り出した。うまく急所をついたものである。民喜には、小説執筆続行を貫く以上、東京に止まり、生活の基盤を引きつづき確保する必要があった。

縁談は、原家の隣に住み、両家の親戚にあたる三吉光子の仲介によった。何といっても、貞恵の長兄の武雄が広島県立商業学校（現・広島県立商業学校）在学中に三吉の家に下宿していたという気安さがあった。

貞恵の実家の永井家は、[*9]山陽本線本郷駅から十分と経たぬ所にあり、「簷《のき》の深いどっしりとした家」（「沈丁花」）であった。

広島県本郷町大字本郷で、肥料業を中心に米穀・酒造業を営んでいた。貞恵は、永井菊松、スミの四女で、明治四十四年九月十二日生まれ。昭和三年に広島県立尾道高等女学校を卒業している。貞恵は八人きょうだいの七番目で四女、下の弟善次郎が文芸評論家佐々木基一である。

民喜には、亡父信吉の十七回忌の年であった。縁談は、時を見計らい、民喜の帰省中に持ちこまれた。半ば仕組まれためぐり合わせであったが、民喜特有の思い込み[*10]に拍車をかけ、形となった。

見合いした後に、貞恵は、弟の佐々木基一に言ったという。「とにかく一言ものも言わん（中略）酒だけは強くて、いくらでも飲んじゃった[*11]」

＊1 『夏の花・心願の国』解説 大江健三郎（二〇〇〇 新潮文庫）。
＊2 サボタージュの歌
働くな働くまい
私にも二つ目がある
目で見れば鼻もあるわい。

口も耳手もあるらしい。
此の鼻で同じ呼吸をし
太陽の同じ光を
平等に受ける我々
どこが主人と異なろう。
それに私を働かす。
それに私をいぢめる。
馬でない馬ならば
けりとばすもの
人ならば働かぬもの
働くまいいぢめられしもの。
サボロー　サボロー
余りひどい世の中だ
人があせとあぶらとを
何とも思はぬ主人の顔
人が苦しい肉体を
何とも思はぬ主人の顔。
あの恐しい主人の目
何をそんなに恐《ママ》らかす。
もう永久にサボルのだ。　『定本 原民喜全集 I』（一九七八　青土社）。

＊3　陸軍御用達　生家は陸海軍・官庁用達を業とする原商店。明治二十七年（一八九四年）十二月に原商店を創立（大正三年三月に合名会社となる）した父信吉は、陸軍省・官庁用達を業とし、一家は裕

福な暮らしぶりであった。

＊4　R・S　Reading Society　マルクス主義文献の読書会。

＊5　モップル　日本赤色救援会の略称。

＊6、11　「鼎談原民喜」『定本 原民喜全集 別巻』（一九七九　青土社）。

＊7　『日本の原爆文学 ①原民喜（死の詩人・原民喜　長光太）』（一九八三　ほるぷ出版）。

＊8　『定本 原民喜全集 Ⅲ』年譜（一九七八　青土社）。

＊9　永井家

永井菊松 ― スミ
- 長男　武雄（明29〜昭20）
- 次男　勝美
- 三男　八百三
- 長女　チサト
- 次女　サダコ
- 三女　多鶴子
- 四女　**貞恵**（明44・9・12〜昭19・9・28）33歳
- 四男　善次郎〈佐々木基一〉（大3・11・30〜平5・4・25）78歳　文芸評論家

＊10　思い込み

「父の十七回忌に帰つて、その時彼の縁談が成立したのだから、これも仏の手びきだらうと母は云ふ。その法会の時、彼は長いこと正坐してゐたため、足が棒のやうになつたが、焼香に立上つて、仏壇を見ると、何かほのぼのと暗い空気の奥に光る、かなしく、なつかしい夢のやうなものを感じた。」（「よみがへる父」『定本 原民喜全集 Ⅰ』一九七八　青土社）。

三　おたんちん

貞恵は、夢と現の間を日がな一日、往ったり来たりしていた。靄を払うと、現れたのは、結婚式の前夜の光景である。原家に、嫁入り道具が続々と運ばれて来た。

翌日（昭和八年・一九三三年三月十七日）は、広島市の鶴羽根神社で、原民喜（二十七歳）と永井貞恵（二十一歳）の結婚式が行われることになっていた。

貞恵は、永井菊松、スミ夫婦の四女であった。永井家は、広島県豊田郡本郷町大字本郷で、肥料業を中心に、米穀・酒造業を営んでいた。貞恵は、昭和三年、広島県立尾道高等女学校を卒業していた。

一方、民喜の方は、父原信吉（大正六年二月死去）の十七回忌法要で帰郷していた折であった。そのまま見合いをし、一月《ひとつき》足らずのうちに、結婚をする運びとなった。

東京での、民喜の不如意な生活を心配した周囲の図らいによるものである。左翼活動や自殺行為などの心配から、生活費の提供をあげ、結婚を条件にしたのである。民喜は条件のよい仕かけに、そのまま搦め取られたのだった。

貞恵の方も、長兄武雄（明治二十九年三月〜昭和二十年九月〈広島で被爆〉）の広島県立商業学校在学時の下宿先が仲介という気安さもあり、結婚へと事を進めたものである。

双方とも、周囲の勢いに担がれ、明日の式に臨もうとしていた。

小姑や親類縁者の女たちは、運びこまれた箪笥《たんす》から、衣類を出してはあれこれと値ぶみをし、片寄りがないか、足りない物はないかと、品評するのであった。

そして、花婿をつかまえ、はなむけの言葉どころか、赤裸々な言葉を浴びせるのだった。

「結婚なんて――。いったいあなたはどういうつもりですか」、「見通しが立たぬやつが結婚か。ふざけた話だ。きみは、世間体には一通り学業を修めた身分だ。だが、現在、無職であることは事実だ。経済的な独立もできないくせして、女房を抱えこむ。いったい、どうするんだ。そのうち、子どもだって生まれるんだぜ」、「実にけしからん。無責任極りない」、「自分の力でろくに稼いだことのない男が結婚するのか。憂うつだ」、「それにしても、女房はさぞ悲惨だろうな。婿の実態を知っているのだろうか」、「花嫁の両親はなぜ納得したのか、分からん」、「こんなに嫁入り仕度ばかり派手であっても、肝心の君が素寒貧では何にもならないではないか。この嫁入り道具を収めて置くだけの家もない身分では、結局、これらの家財道具の一切は、この家の倉であくびをするばっかりだ」
次から次へと、民喜は、親類縁者から言いたい放題の質問攻めにあった。全く指摘通りで、何一つ返答のできぬ花婿であった。彼とて反論できぬわけはなく、作家として立つべくそれなりの考えはあった。が、今は、自らの決意を言葉にするほどの確たる自信はなく、唇をかみ締めるだけである。

式当日は快晴であった。式が済み、一同、料理屋へと移って行った。花婿は、盛大な祝儀に気後れがし、周囲の問責も加わって、相当不安になっていた。

が、一触即発の各々の不安を満載したまま、式は揺るがず見事であった。激励を受けた夫婦は、共に帰宅した。喧騒の去った応接室に、民喜と貞恵の二人だけが残された。嫁は顔を伏せ、高島田の首をすくめている。

叔父は、民喜に、「先んずれば則ち人を制し、後《おく》るれば則ち人に制せらる——」と、忠告した。そうだ、侮られぬうちに、先手を打たねば。

「オイ!」と、今度は前よりもっと大声で呶鳴つた。

「何とか云へ! 何とか!」

花嫁は猶も平然として駿二（民喜）を眺めてゐたが、やがて紅唇をひらいて、
「なんですか！　おたんちん！」
と、奇妙な一言を発した[*1]。

この時より、二人の位置関係は、確定したのである。聡明な貞恵は、見合いや前日・式当日の様子から、将来を読み取ってしまったようだ。

一言も発しえず、酒ばかり飲んでいる姿に心底落胆していた。そのうえ、就労もせず、単なる仕送りに頼る生活が待っているのだ。

黙ってはいるが、期することがあるのだと思う。今後の見通しを訊きたい。目指す道をざっくばらんに語ってほしい。生活は最下の、どん底から始まるのだ。上へと這いあがる。待ち受けるのは、「日々精進あるのみ」。実際、これからは、上へ上へと向かうしかない。これ以下はありえないのだから。貞恵は、何度も自分に言い聞かせた。この力強い上昇志向に支えられ、二人の生活は始まるのである。

「おたんちん」とは、よく言ったものだ。「何を言わせるものか」と出鼻をくじき、ぴしゃりと相手の言葉を封じこんだ貞恵。聞かずとも相手は撃沈。これで、今後の舵は、貞恵が握った。痛快な女性である。

三日後、二人は、貞恵の郷《さと》へ寄り、その後、幟町に戻り、荷の仕分けをした。たくさんの嫁入り道具の中から、東京での暮らしに見合うだけの品を選び、発送した。残した品の多くは、再び手にすることのないまま、彼女の晩年の入院費用に充てられた。

昭和八年（一九三三年）三月、二人の結婚（民喜二十七歳、貞恵二十一歳）生活は、池袋のアパートから始まった。つづいて、淀橋区柏木町（現・新宿区北新宿）に居を移す。民喜は転居後まもなく井上五郎の発行する同人雑誌「ヘリコーン」に参加し、短編小説を書きつづける。傍ら、宮澤賢治を熱心に読む。惜しいことに、賢治はこの年の九月に亡くなっている。

向かいの柏木町五―一〇〇七に、慶應義塾大学文学部予科からの友人で、改造社に入社してまもない山本健吉が妻秀野とともに住んでいた。

事件はその中で起きたものである。

健吉は民喜の二歳下、明治四十年（一九〇七年）の生まれであるが、昭和四年（一九二九年）の二十二歳の時には学生の身にて結婚しており、後年早すぎた結婚と述懐している。

その生活は苦しかった。健吉は、学業の傍ら、古典の校正や家庭教師などの副業にいそしむ日々であったという。

妻の秀野は奈良県天理市出身で、旧姓を藪といった。文化学院で、短歌を与謝野晶子に、俳句を高浜虚子に、学んでいる。結婚後は俳句を離れている。時をおき、昭和十三年（一九三八年）頃より活動を開始する。が、疎開生活中に胸を病み、一女児を遺し、京都の宇多野療養所において昭和二十二年（一九四七年）、三十八歳の生涯を閉じる。句文集に、『桜濃く』（第一回茅舎賞受賞）がある。

民喜夫婦が二十七歳と二十一歳、健吉夫婦が二十五歳と二十三歳。共に才あるめおと同士である。多少なりとも語らいはもてたか。

貞恵の弟の佐々木基一は、柏木時代のこととして、

夕食後、近所に住む山本健吉がよく訪ねてきた。慶応大学時代からの文学仲間である二人が、じつに親しげに打ちとけて、またときには論争の口調で文学談をするのを、わたしは傍できいていた。*2


と、語っている。

予科に入ってからの健吉の動きは、実にエネルギッシュだ。思いを貫こうとする意志と

それを系統的に組み立てていく構想力――行動と考えが嚙み合い、未来へ向け形づくられていく。そのテンポや歯切れの良さに舌を巻く。考えを呈示するや、ぶれを生まぬ行動でまっしぐら、その精神力の強さにも圧倒される。

健吉は、大正十三年（一九二四年）、長崎中学四年より慶應義塾大学文学部予科に入学し、法科にいた長兄元吉と同居することとなった。小山内薫の講演を聴きに行ったり、詩の同人誌、「春鶯囀」（大14～、四号）を刊行し、詩やエッセイを発表する。個人的には大正十五年（一九二六年）に父が急逝し、彼を支える援助の形に変化が生まれている。

が、困難を強いられながら幸運な出会いもあった。昭和三年（一九二八年）、折口信夫が文学部教授に就任したことだ。歌集『海やまのあひだ』や著書を通して感銘を受けていた健吉は、迷うことなく折口に師事し、文学部国文科に進んだ。結果、健吉は、日本の文学と詩との「伝統の持続と発展」へ目を向けるきっかけを手にした。

折口との出会いで将来への道筋をつかみかけた健吉は、昭和四年（一九二九年）、歌や俳句に明るい藪秀野に出会い、結婚することとなった。健吉は一人の女性を愛し、同時にマルキシズムの影響を受け、まっしぐらに解放運動犠牲者救援会に参加していった。母も逝き、怒濤の昭和四年が幕を閉じた。

昭和五年、健吉は、「三田文学」に左翼的な評論や小説（「岩藤雪夫論」五月号）などを意欲的に発表する。十月には、日本赤色救援会地方委員会城南地区委員会で中央常任委員として活動する。その中で、プロレタリア詩運動を推進していた伊藤信吉と知り合う。激しさの只中《ただなか》にも愛を問いながら、二十四歳の健吉は、昭和六年（一九三一年）三月に慶應義塾大学文学部予科を卒業する。

健吉のこの質素な切り詰めた生活に、所々無理が生まれてきた。理想と現実の狭間に立ち、心身の疲労が激しく、健吉の衰弱は目に見えてきた。

ついに、健吉は決断を下した。鳥海滋の力を借り、組織を離脱することにしたのだった。

宇田零雨の紹介により、俳書堂の季寄、改造社の歳時記の編纂などを手伝うようになった。

昭和八年（一九三三年）、二十六歳を迎えた健吉は、改造社に入社することができた。この頃、淀橋区柏木町五―一〇〇七に居住する。時を違えず、向かいに原民喜夫妻が住んでいた。

昭和九年（一九三四年）を迎え、改造社では、三月に総合誌「俳句研究」が発刊され、山本はその編集に従事していた。

緑燃ゆる五月であった。小説執筆に余念のない民喜夫婦の昼夜逆転の生活が、特別高等警察に嫌疑をかけられる。夫婦ともども、そのまま淀橋署に検挙された。

むろん、夫婦に容疑事実はなく、一晩の拘束で返された。

健吉の方とて、今は改造社勤務の一編集者の身であり、事実無根であった。が、友人であった。過去の運動とのつながりも疑われた。二十日間勾留され、昔やったことの手記を書かされた。

検挙事件について、山本健吉は後述している。

（前略）私は刑事に、原のような、人と口きくことも出来ない男に、何も出来るわけがないじゃないか、と力説した。

出される日が近づいて、刑事が言った。「今だから言うが、原の異常な生活ぶりが近所の評判となり、ひょっとしたら、佐野袈裟美《けさみ》のような奴《やつ》じゃないかと思って、原を捕えてみることにしたのだ。君の方はしょっちゅう往き来しているから、飛ばっちりだが、踏みこんでみたら、君の方が大物だった、というわけだ。*3」

逮捕後、健吉は、事件の概要を聞き、今後の説明を受けようと、いたって沈着冷静である。身の危険を省みず、友をかばい立てたのである。民喜の近隣に住み単なる親交がもとで捜査を受けたにすぎなかった。が、豈図らんや、より大物であると判断された。挙げ句、勤めたばかりの改造社の職を失った。復帰したのは、昭和十年（一九三五年・二十八歳）になってからで、「短歌研究」の編集に回った。

山本は、その四年後の昭和十四年（一九三九年）八月、伊藤信吉の助言をもとに、文芸雑誌「批評」[*4]を創刊する。吉田健一、西村孝次、中村光夫らも名を列ね、批評中心の編集方針を貫いた。山本の『私小説作家論』が連載され、シェイクスピア、ボードレールなど外国作家の特集も編まれていた。

もし、このような事件による断絶がなければ、民喜は「批評」に加わっていたにちがいない。残念である。

事件後、長光太に山本健吉と原民喜とが急いで会いたいと仲立ちを頼んできたという。

（前略）銀座のオリンピックの二階で卓をかこむ。ふたりの云い分を聞く。ひどく感情的なうえに、原民喜のは片言のようなもので、判りにくかったが、石橋貞吉の妻君の藪秀野君と貞恵さんとの感情の行きちがいが、ややこしくからまっていると判じた。それでどちらも別にわるいのでなく、思いちがいで侮辱を感じているんじゃろ、と云う。すると貞吉が民喜がわるいと判断しないのは、民喜に味方してるんだから、君とも絶交する、と立ちあがってしまった。原民喜の口下手に加えて仲裁の拙さのため、十年ちかくの同人でもあり友人でもあった仲はこわれてしまう。[*5]

以後、健吉は、貞恵から左翼友達というレッテルを貼られ、遠ざけられた。貞恵は、運動の経緯や健吉のヒューマニティに富んだ人となりを知らなかった。和解は、戦後の遠藤周作による取りなしまで待たねばならない。

この事件を機に、民喜夫婦は、千葉市登戸町《のぶとまち》二―一〇七（現・中央区登戸）に転居する。以後、昭和十九年（一九四四年）までの十年間を、この地で暮らすことになる。

貞恵は、変転する暮らしにも、微笑みを絶やさず明るかった。利発で気さくな人柄も加わり、民喜の友人たちから、「瀬戸内の申し子」とも冠された。さわやかな女性である。

民喜も、きびきびと動き回る愛くるしい貞恵に、全幅の信頼を寄せ、母親に通う思いを抱くのである。

兄弟姉妹の多い民喜であった。諸手で、存分に、愛撫を受けたことがあったろうか。妻の前に、彼は身を丸めた。愛されてやまない子どもの如く、身を投げ出した。すっかり無防備となり、嬉しそうに、小説のあらましを切り出すのだ。

幼年期を舞台としたものを書きたいと――。

「お書きなさい、それはそれはきつといいものが書けます」[*6]

貞恵はきっぱりと言い切り、遠くを見つめる。その思いつめたようなまなざしに引きこまれ、民喜も自分の思いを重ねる。

やがて、二つの祈りが一つとなり、きらめき出す。それは、彼方にある蜃気楼かも知れぬ。が、けっして空中楼閣に終わらせたくないのだ。貞恵は、民喜の文学を信じて疑わなかった。

貞恵の教養を読書にみると、興味本位の娯楽であり、読者の域に止まるものであった。が、当時スターダムにあった作家の作品には、一通り目を通していたと思われる。泉鏡花、芥川龍之介、里見弴、十和田操、堀辰雄などの作品を好んで読んでいる。

さらに、チェーホフやモーパッサンの短篇を求め、シェイクスピアへの興味を民喜に語っている。

新しい文化を吸収しようとする意欲も窺え、女学校出の女性の教養としては、申し分ない。

十数年前の夏の日であった。一中学生と一少女が葡萄棚の下で出会った。民喜と貞恵であるが、青白い中学生と日焼け顔の少女は、誰の目にも対照的に写った。「するりっ」、健康そのものの少女は、中学生の視線を感じ、身を隠してしまった。瞬間のできごとであった。

が、元気はつらつに見えた少女は、まもなく篤疾の状態に陥ったのだった。そして、親族に絶望視されながら、奇跡的に生還を果たしたのである。

なおも、記憶は鮮明である。貞恵は、「熱にうなされ、呻き声を発しながら、空に数限りない花々を見た」、と、いう。

少女期のまれなる体験は、その後、持ちまえの明るさに陰影を加え、成長とともに、内に相応の思慮をも育んでいったと思われる。

結婚の当初から、貞恵は死について恐れずに語った。「雲の裂け目」には、貞恵を介して「死の使徒」たらしめ、生死の境目の鍵を握る役目を負わせている。

よくお前は臨終の話をした。人間の意識が生死の境目をさまよふ時の幽暗な姿を想像するお前の顔には、いつも絶え入るやうなものと魅せられたやうなものが入混つてゐた。そして、僕たちは死のことを話すことによつて、ほんとう《ママ》に心が触れあふやうにおもへたものだが……。

「雲の裂け目」

傍らにいた民喜は、若い妻の顔を眺めながら、じきに彼女に死なれてしまうのではないか、という不安がよぎった。

「もし妻と死別れたら、一年間だけ生き残らう、悲しい美しい一冊の詩集を書き残すために……」（「遥かな旅」）という思いを強く抱くとともに、その決意は、終生変わることはなかった。

一冊の詩集とは、「美しき死の岸に」という十四篇の連作からなる作品集である。被爆後、翻訳や小説とともに、並行してなされた仕事である。

＊1 「華燭」（『定本 原民喜全集 I』（一九七八 青土社）。
＊2 『原民喜戦後全小説▲下▼』 作家案内所収 （『昭和文学交友記』 一九八三 新潮社）。
＊3 「往事渺注」（読売新聞 一九七八・一〇・二四）。

＊4　「批評」文芸雑誌一九三九・八〜四九・一〇。通巻六三号。
＊5　「三十年・折り折りのこと」　長光太『定本　原民喜全集　Ⅰ』解説（一九七八　青土社）。
＊6　「苦しく美しき夏」『定本　原民喜全集　Ⅱ』（一九七八　青土社）。

四　母ちゃん女房

夫婦一体となっての生みへのもがきは、いつの間にか常識から逸脱し近隣の顰蹙を買った。それら苦心の産物は、同人誌「ヘリコーン」を経て、昭和十年（一九三五年）、コント集『焰』となり一本化、白水社より自費出版された。

だが、時局も反映してか、私生活を題材とした収斂度の強い作品を評価する者はいなかった。ただ一人、仏文学者の中島健蔵が好意を寄せたにすぎない。新聞では読売（「新人・原民喜君の『焰』に就いて」一九三五・五・一八）だけが中島の書評を掲載した。

その中で、中島は、

「一見何気なく読み過ごされそうではあるが、この中には恐るべき才能がある」[*1]ということを、述べている。

一般的な見方にとらわれず、作品集を読み直してみる必要があろう。集中、秀逸な作品は「焰」である。民喜自身の広島高等師範学校附属中学校の受験失敗を軸に、次姉ツルの死を絡ませ、ストーリーは展開する。少年の感性がとらえた当時の世の中、特に底辺の暮らしがいきいきと描き出されている佳品である。

小説家になる夢を改めて現実のものにする。二人の生活は、当分原家からの仕送りでまかなわれることは明らかであり、好きなことに専念できる恵まれた状況と言えた。

妻貞恵は、民喜の描く幼年時代の世界に着目していた。それはもう熱狂であった。

> 彼の妻は結婚の最初のその日から、やがて彼のうちに発展するだらうものを信じてゐた。それまで彼の書いたものを二つ三つ読んだだけで、もう彼女は彼の文学を疑はなかつた。それから熱狂がはじまつた。さりげない会話や日常の振舞の一つ一つにも彼をその方向へ振向け、そこへ駆り立てようとするのが窺はれた[*2]。

妻はマネージャーと化した。まっすぐに民喜に向かい働きかける。貞恵は、的を彼の神経・外的支援の二つに絞った。彼女の手で可能なかぎり強靱なる神経へと導き、一方で外的支援を得るための面識を重ねる。貞恵は、この両面を積極的にバックアップしていくことにした。

第一に、子どもの時から彼を苦しめてやまない神経に対峙した。

今にも息が杜絶えさうな観念がぎりぎりと眼さきに詰寄せる。だが、妻はいつも彼の乱れがちの神経を穏かに揺り鎮め、内攻する心理を解きほぐさうとした。どうかすると妻の眼のなかには彼の神経の火がそのまま宿つてゐるやうに想へることもある。彼は不思議さうにその眸に視入つた。と忽ち、もつと無心なものが、もつと豊かなものが、妻の眸のなかに笑ひながら溢れてゐた。無心なものは彼を誘つて、もつと無邪気に生活の歓びに浸らせようとするのだつた。[*3]

神経性呼吸困難におちいり喘ぐ夫、矢継ぎ早に放たれる矢はすべて私が引き受けよう。（あなたは菩薩のつもりなのか）いえ、でも、乗り切って見せる。貞恵の肝は据っている。暖かく大きな懐だ。

寝静まった夜更け、「幾日も雨の訪れない息苦しさ」（「苦しく美しき夏」）にぐったりしている夫を、おもいきって貞恵は散歩に誘う。

外気は二つの呼気を囲み、爽やかな風の中へと誘《いざな》う。しだいに笑顔を取り戻していく民喜、貞恵もすっかり母親気分で民喜をあやしているのであった。

反面、その創作現場をまのあたりにし、いらいらすることもあった。どう見ても、夫の姿は、だらだらと悠長に過ごしているように見え、怠け者以外の何ものでもなかった。ゆったりと暮らす中で、思いがけぬ発見に出会うものであるということを頭では承知しているつもりでも、そのまま、創造の場を共有することに耐えられず、時折、貞恵は悲鳴をあげた。

貞恵は、葉書で民喜の旧友、長光太を呼び出した。民喜の仕事のことだ。

ちいとも書いてじゃないんですけん、すこし意見してあげてつかあさい[*4]、

と言いながら、机に原稿用紙を乗せ、万年筆もそえて、茶目っ気たっぷりに民喜の前に置く。やれやれと、民喜は髪をむしりながら、困ったふりをして、下を向く。なんと、笑っているではないか。もっとも監視下で何が書けよう。ペンを執るどころか、飲み仲間がやって来た嬉しさに、そわそわと動き回る。

民喜の背をめがけ、長が放った。「正直言おう。小説は無理だ。無口な君には取材は不可能なんだ。詩を書くしかない」

すかさず、「そんな」と、貞恵が不服そうに口をとがらせる。

長は、仕方なく、軌道修正をし、貞恵の意向通り、自分の役柄を全うする。「民喜は、遅かれ早かれ、奥方の力を借りて、何んとしてでも自己克服をしなければなるまい」

これで、奥方は納得したろうか。暗に、小説執筆をほのめかし、それがいかに困難をきわめるものであるかを語ったつもりであった。腑に落ちぬところもあるが、貞恵は酌をする。

口火を切っておけば、おそらく気の強い貞恵のことだ、外との通路を開いてくれるにちがいないと、長は話を切り上げた。


民喜は、掌篇集『焰』の出版を機に、本格的に作家の道を目指していた。が、夜を徹して取り組めど、納得のいくものが書けるわけではなく、成果なきままに朝を迎えることも多かった。貞恵は、夫の徹夜につき合うこともあった。

民喜が床に就く頃、貞恵の朝が始まる。はたきをかけ出したかと思うと、ぱたりと止み、紙をめくる音がする。恐らく、貞恵は、原稿の進捗状態を解して、今頃は落胆しているにちがいない。民喜はたまらない。床の中で身悶えをし、震え出すのだ。そして、つぶやく。

「もし、思いを寄せる男が何者でもないとしたら……」

民喜は、昼近く床を離れた。仕事の捗《はかど》りぐあいを見て取ったはずの貞恵である。が、なぜか、機嫌がよい。昨夜、収穫のなかった夫のことなぞ、おくびにも出さない。すぐに理由が分かった。貞恵の弟（佐々木基一）が母と共に上京しており、借家住まいを始めたらしい。貞恵に促され、まばゆい光に目をしばたたかせながら、二人して出かけることにした。

出かける間際に、民喜は厠《かわや》に入った。そのまま、長いこと出てこない。吐いているらしい。又しても、彼の神経が悲鳴をあげる。千葉から東京に出るという、電車での短時間の移動である。

が、これも考えようによっては、日常からの離脱行為である。大勢の人に囲まれ、揉まれて移動という一事が難儀に思われ、極度の緊張を強《し》いる。想像するだけで、身体がこわばってくるのだ。

それでも、覚悟を決めた。貞恵に肘を取られ、頼りなげに歩き出した。

基一宅には、二、三日滞在するのが常であった。映画や芝居を観たり、義理足しの訪問をしたりと、つねに夫婦は行動を共にした。

貞恵の外への働きかけも積極的であった。昭和十六年（一九四一年）頃、夫婦で佐藤春夫宅を訪ねている。同道の貞恵は、「ひとりでは人前へ出られないからわたくしは誘はれるままに来た」[*5]と、出しゃばりを詫びたという。

初対面同士、声かけをしたのは、佐藤の方だった。自分から訪ねておいて、民喜は用件を言わない。さすがの佐藤も口をつぐんでしまい、差し出された作品を読みつづけたのである。

民喜は民喜で、それこそ不安の塊となって、佐藤の様子を窺っていた。双方、言葉のないままに、時が過ぎた。仕方なく、佐藤は、相手のペースに合わせ、思いつくままにぽつりぽつりと感想を述べ始めた。

しかし、民喜は、肯いたり頭を下げたりするものの、一向に、直接言葉を交わそうとはしない。いや、何かを呟きはしている。妻の貞恵にはそれが分かるらしい。ぶつぶつと単語が放たれる。それを貞恵は文脈にして、佐藤に取り次いだ。

すぐさま、佐藤はその伝達の回路を理解し、同時に、内容も了解した。そして、民喜の人となりに接し、言葉が表現へと定着するまでの難渋のさまを解した。で、彼の持つ無言の憂愁こそ無二の文学者の証であると、評価した。


あなたが人と話してゐるのは、いかにも苦しさうです。何か云ひ難さうで云へない

のが傍で見てゐても辛いの[*6]

貞恵は、夫が文壇の大御所に会い、極度の疲労を負ったことを案じ、優しく労わるのである。その応対はぎこちなく、表現は十分なものとは言えない。が、民喜の緘黙《かんもく》が、内面の深さや広がりを示すものであることを理解している。貞恵は、「私が通訳すればよい」と割り切り、役割を心得ているのだ。

伊藤整も、「原民喜の思ひ出」（「近代文学」昭26・8）で同様な体験を記している。

この昭和十年、大学時代からの知人宇田零雨が、俳句雑誌『草茎《くさくき》』（昭10・12）を創刊する。民喜は、妻貞恵と共に参加する。

民喜の句作は、慶應義塾大学予科の十九歳の頃より、級友熊平武二の影響で始まった。驚くことに、句作は切れ目のない活動であった。戦中、被爆後、後半生と書き継ぎ、いうなれば、生涯を通してなされた文学的行為である。

私の力の及ぶところでないが、今後、俳人「杞憂」が研究されることにより、小説・エッセイ・詩・俳句の垣根を越えて、民喜の世界の本質が明かされることになるだろう。

民喜の俳句は、『定本 原民喜全集 Ⅲ』（一九七八 青土社）に、杞憂句集一・二、歌仙二巻として全句が収録されている。

対し、貞恵の句作は、[*7]昭和十一年（一九三六年）の二十七句、十二年の十九句あたりがピークで、結核入院となった昭和十四年（一句）には、激減してしまう。

俳号は、民喜が杞憂、貞恵は恵女であった。なお、杞憂の俳号は、句作開始時から変わらず、中国〈列子〉の故事から取った。

民喜自身、自ら分裂症だと云い、友人たちからは被害妄想狂とか、恐迫《ママ》神経症とか、非力錯綜だとか、からかわれていたという。[*8]

『草茎』創刊号より、それぞれ二句ずつ拾う。

枯草のなかに消えゆく径かな　杞憂
日輪と枯草の丘と青空と　杞憂

◇

砲声の地にとどろきて冬籠　恵女
庭垣のやぶれ見ゆるや冬籠　恵女

杞憂は無季に近く情景の広がる句であるのに対し、恵女の方は生活に根ざした句景である。

砲声は、千葉野砲連隊の演習を指し、戦争へ傾斜していく動きが感じられる。後句から、家のたたずまいが浮かぶ。住まいは四部屋の平屋で、小さな庭が付いていたという。

貞恵の俳句は、最初の三年間（昭和十、十一、十二年）に片寄り、昭和十二年（一九三七年）三月の『句集 早贄《はやにえ》』（草茎社）に民喜と共に収録されたのを最後に、はかばかしい活動は見られない。

恵女の句は、注（本書五五〜五八頁の＊7）に挙げた、「草茎」掲載の五十一句がすべてである。目を見開き、臆せず語る——普段のはきはきした言動が伝わってくるような、人柄の見える句境である。それだけに、体調と表現は強く一体化しており、作句期間も短命であった。

その後、自由に酒は飲めず、物資も不足の時代を迎える。が、連句を巻くためもあり、零雨が原家を訪ねると、思いがけぬ馳走が用意されていたという。

そこには、郷里広島の酒があり、松茸入りのすき焼でもてなしを受けたという。民喜の不遇時代を支え、激励しつづけたのは、恵女君の努力によるものと、零雨は称賛してやまない。

が、貞恵に向けられる目もさまざまで、孤軍奮闘の立場にあることに変わりはなかった。

時折、貞恵を確信が襲う。それが、日増しに強迫の度を強め、追い詰める。見通しの立たぬ仕事、これから先どうなることやら。甘えたり縋ったり、世間並みのことすら望めない。度量もなく、あてにならない夫。なのに、身を挺して尽くすとは。私はなんとお人好しなのだろう。これが結婚というもの？　いや、そうでは……。

逡巡の果て、行きつくところは自分である。自らで選び取ったことなのだ。自分の手で解決するしかない。貞恵は焦慮に駆られ、身動きできなくなる。そんな時に限り、親は離縁を持ちかける。

そのたびに、「大丈夫よ。最初から私は何も望んではいないわ。ただ、賭けてみたいの、やってみたいのよ」と繰り返した。

すっかり弱気になると、長光太に助けを求める。長は、民喜の長年の友人である。貞恵も、長には、気安く何でも言えた。

貞恵からの葉書には、「(夫を)すぐ目のしたの海水浴に入れてほしい[*9]」と、ある。

長が駆けつけると、汗もだらけの民喜が、はだかにパンツ姿で待っていた。貞恵は、「汗もだらけなのに、海水浴するでもないんですから」と言う。貞恵は、笑いながら、お手伝いさんと共に海水着に着替え、海に入っていく。つられて、民喜が朗らかそうに笑い出した。

無心な笑顔は、幼少年時代に、民喜文学の出発点があることを語っていた。それは貞恵が促す世界でもあった。

昭和十年（一九三五年）、「蝦獲り」（「メッカ」昭10・12）を発表。以後、翌十一年四月頃から十四年にかけて、「三田文学」に寄稿するようになり、もっとも意欲的に創作に向かう。

幼少年期の夢想を、「蝦獲り」、「貂」（「三田文学」昭11・8）、「招魂祭」（「三田文学」昭13・9）、「青写真」（「文芸汎論」昭15・6）などで描く「幼年画」の世界である。

つづいて、その暮らしの中に忍び寄る死の影を、「行列」（「三田文学」昭11・9）、「幻燈」（「三田文学」昭12・5）、「玻璃」（「三田文学」昭13・3）、「魔女」（「文芸汎論」昭13・10）などで描く「死と夢」の世界である。

飛んで戦後。破壊し尽くされた地に立つ。ここにも、なお、生き生きとした日常はあるのかもしれない。が、民喜にはそれらは過去のものとして写った。

視線は向こう側へ向こう側へと移動する。回想の地点から貞恵を通してさり気なく描かれる、死への誘いである。

僕はそつと立上つて、壁際にある鏡台の真紅な覆ひをめくつてみた。すると、鏡は僕の顔や僕の背後をそつと映してゐる。僕は自分の顔を覗き込むより（何だか古い、もの寂びた井戸の底を覗くやうに）向側から覗いてくるものを覗き込まうとしてゐた。僕はお前の云つてゐたことを思ひ出す。「深夜の鏡で自分の顔を眺めると、怕くなることはありませんか」何気なくさういふことを云つたお前も、僕を覗き込むよりもつと向側から覗いてくるものを覗き込まうとしてゐたのではあるまいか。[*10]

私の振り子は止まってしまった。貞恵を失ってから、より遠くへと向こう側の世界にたゆたっていくのだ。

命の恩人は、日常の困り事一つにも馳せ参じる友でもある。

ある日、早稲田出身の長は、「三田文学」の事務所に連れて行った。

和木清三郎は、黙って座っている民喜に、

「慶応出たくせしゃあがって早稲田の奴に「三田文学」へ紹介されてくるばかたれがどこにある、」

と、言いながら、無口な民喜にあれこれと尋ねるのであった。
被爆後身を置く八幡村から表舞台へと誘い出したのも、この長光太である。

＊1『原民喜――詩人の死』小海永二（一九八四　国文社）。小海が中島健蔵本人から直接聞いた書評の内容。
（補足）なお、広島市立中央図書館には、民喜に宛てた中島の書状（一九三五・四・一八）がある。
＊2、3「苦しく美しき夏」『定本 原民喜全集 Ⅱ』（一九七八　青土社）。
＊4「三十年・折り折りのこと」長光太『定本 原民喜全集 Ⅰ』解説（一九七八　青土社）。
＊5「原民喜詩集叙文」佐藤春夫『定本 原民喜全集 別巻』（一九七九　青土社）。
＊6「遥かな旅」『定本 原民喜全集 Ⅱ』（一九七八　青土社）。
＊7 貞恵の句作
〈恵女の俳句〉

昭和十年の「草茎」より
砲声の地にとどろきて冬籠
庭垣のやぶれ見ゆるや冬籠
潮来十二橋
薄ときの山茶花水に映ゆるなり

昭和十一年の「草茎」より

紺菊の残るあわれや冬の雨
着ぶくれて庭はく人や枯芙蓉
押売りの隣へ来てゐる師走かな
気にいらぬコートの柄や年暮るゝ
御飾を振返り見る小路かな
麦の芽は丘にうねりて冬日さす
霜土に水仙の芽は浮きてあり
雪晴れや白く光れる波頭
枯れ残る大根畑春寒し
おぼろなる二十才の夢や涅槃像
蠟燭の光とどかず涅槃像
雪解けの光につかりぬ三葉芹

千葉海岸

海の家の影くつきりと春寒し
のぼり来て千光寺の桜まだ固し
温室のぬくみにそまりシネラリヤ
春雨に罌粟の糸根は浮きて見ゆ
噴水のしぶき一瞬頬に来る
噴水を写生する子等かたまれり
明易く始発電車の響かな
夾竹桃町を見下ろす石崖に
氷ひく音きてゐる夕涼み

とり〴〵の数珠持ち出して墓参かな
荒れ肌の化粧目につく里祭
焼印の乃木刀を売りぬ里祭
石多き川のせゝらぎや蔓《ママ》珠沙華
山上の雑木林や蕎麦の花
　明治神宮にて
神苑の空うつくしや明治節

昭和十二年の「草茎」より
よく晴れて蜂の来てゐる枇杷の花
枯萩の呆けはてたる小枝かな
白紙の凧よく上る麦畑
冬暖し聯隊の倉庫みな鎖ざし
　某盆栽家を訪れて三句
松の枝を夜寒の部屋に剪りおとす
盆栽の枝の針金寒灯下
幽谷をしのぶ小枝の枯葎
豆煉炭にほふて来るや雨の街
竹藪につゞく藁屋の更紗木瓜
洋館と白木蓮の高さかな
黒すみれ大南風の中にあり
更衣好みのセルは昔模様

葉蔭より白蝶いでし葵かな
桶黒く水は澄みたり心太
白粉の花いき〳〵と今朝の秋
踊見て水車の道を帰りけり
ころ〳〵と芙蓉散りつぎ野分めく
菜を洗ふ手もと暮れゆく秋の雨
夕霧のふと温かし柿紅葉

昭和十三年の「草茎」（二月号）より
隙間風に目覚むる朝や寒の入り

昭和十四年の「草茎」（一月号・雑詠抄・零雨選）より
板の間に子供集ふや里神楽

＊8 「分裂症だと自分でも云つていたが、年少の頃私たちわ《ママ》、被害妄想狂とか、恐迫《ママ》神経症、非力錯綜だとか云つてからかつた。原民喜もようやくそれを肯定し、戯書にわ《ママ》杞憂亭とゆう《ママ》号を用いました。」（長光太「鬼籍」「近代文学」昭26・8）。
＊9 「三十年・折り折りのこと」 長光太『定本 原民喜全集 Ⅰ』解説（一九七八 青土社）。
＊10 「雲の裂け目」『定本 原民喜全集 Ⅱ』解説（一九七八 青土社）。

五　闖入者

子どものいない夫婦に、あいつぎ、闖入者*がまぎれこむ。

いつのまにか、雌犬が身籠り、難産の末、子を産んだ。よほど苦しんだせいか、子宮が外部に飛び出してしまい、痛ましい月日を過ごすことになった。まもなく、虚弱で誕生した子二匹が息を引き取った。一方、親犬はなんとか手術をすることができ、乗り切った。それも束の間だった。怪我がもとで、犬はたわいもなく死んでしまった。名をマルと言った。夫婦の、特に面倒を見ていた貞恵のショックは、大きかった。


貞恵の思いつきでカナリヤを飼ったのは、その直後であった。小鳥屋の女房は快活で、身も心も軽そうだった。ひょっとしたら、鳥語を話すのではないかと思われた。売り手に心を奪われた貞恵は、つがいのカナリヤを求めたのだった。

毎朝、貞恵は世話を焼くようになった。新聞紙を敷きかえ、葉っぱと水を交換する。春先、雄が死に、一年ほどは雌一羽だけとなった。

もう一度、雄を入れ、ようやく産卵期を迎えることができた。孵化したものの、雛は育たなかった。梅雨の頃、又、雛が生まれたが、母親が死んでしまった。すると、父親が母親代わりとなり、子を見事に育てていった。

が、雛が囀《さえず》りを始めた頃、カナリヤの箱を猫が襲った。父親は雛をかばい避難をしたのだが、一羽だけは戻らずじまいであった。

血相を変え、貞恵は夢中で行方を追った。が、姿は次第に遠ざかり、かき消えてしまった。貞恵はしばらく外に佇んでいたが、ぐったりとして家に戻って来た。

貞恵の発病は、それからまもなくのことであった。

＊　闖入者　「吾亦紅」〈マル・カナリヤ〉を翻案とする。

六　愛の底に

昭和十一年（一九三六年）八月、第十一回ベルリンオリンピックが開催される。四十九カ国・地域のアスリートたちが参加し、熱戦を繰り広げた。

ナチスドイツが、プロパガンダの目的に使ったと称され、そこには、アドルフ・ヒトラーの独裁者としての姿があった。

原家の末弟（七男）の村岡敏《さとし》は、当時、明治大学ホッケー部に在籍しており、代表として派遣された。

競技内容は事細かには判然としないが、夫婦の喜びよう浮かれようは、大変なものであった。

ベルリン在住の敏に、四月三十日、六月三十日、七月十五日、七月二十四日と、たてつづけにエールを送っている。二人して、敏のオリンピック参加に、心から熱狂している。が、結果は、残念ながら、予選リーグ敗退であった。

敏の活躍を待って、九月も下旬にかかろうとする頃、母のムメが腎不全で死去した。六十二歳であった。報せを受け、民喜は広島へ向かった。

広島への帰郷は、民喜にとって旅行を意味した。旅と言えば帰郷であった。例外として、昭和十三年（一九三八年）の春、民喜は芭蕉の遺跡を訪ねたことがある。それを「旅信」として、「草茎」（昭13・5）に発表している。

なお、同年の夏、伊豆・箱根方面を、仕事がてら気分の転換をも兼ね、訪ねている。早速、旅先の箱根から、千葉で待つ貞恵のもとへ手紙を出す。

（略）――昨夜は廊下の燈が眩しく、それに夜どほし咳をする人や赤ん坊の声で睡れなかつた。どこへ行つても理想的な場所はないらしい。そんな愚痴を自分でもをかしく思ひながら、神経は絶えずいらだつて居る。千葉の方も心配だし比較的早く帰るかもしれない。*1 ――（略）

佐々木基一が、用事で千葉の姉貞恵のもとを訪ねると、一カ月位は伊東に滞在しているはずの民喜は、すでに戻っていた。

「伊東に行ってたそうですね（中略）仕事は出来ましたか。[*2]」

と、話しかける。

「なにが、なにが」と、貞恵がすぐ割って入る。

「一枚も書いてじゃあるもんですか。出来るだけ長く泊って、必ず一つ小説を書いて来なさい言うて、金も沢山もたせてあげたのに、すぐ帰って来てみんじゃけんね。ほんとに、仕様がないわ。せっかく留守の間に、たまった仕事を片づけたり、少しのうのうと休ましょう思うとったんじゃのん、何にもなりゃせんわ。何でそんなに家《うち》がいゝんかしら[*3]……」

そう言って貞恵は笑う。からかう妻の傍で、すっかり安心した様子で、民喜はにやにやしている。

登戸の住まいは、電鉄の駅の近く、登戸の高台を下った左手にあった。

玄関から二畳、三畳とつづき、右手は六畳半、奥が湯殿と台所となる。玄関の左手は八畳間である。なお、庭との間に半間幅の廊下があり、六畳間、そして厠《かわや》がある。玄関の左手は板囲いとなっており、四坪半ほどの庭があった。

民喜のここでの十年は、貞恵との至福の時期であり、貞恵を失った嗟嘆の時期でもある。この住居を、貞恵は侘住居と揶揄した。庭の片隅にあって垣根の上まで伸びる萩、夏はこの一角だけに日陰が生まれる。

貞恵が植えた花々が、季節に合わせて次々と咲いていく。春には、壺すみれ、クローバー、オオバコ、あかざが繁り、夏には、金梅花、サルビア、白粉花が、秋近くに、ダリヤ、菊、吾亦紅が咲き、鬼灯《ほおずき》が熟した。小さな庭であったが、常に賑わいを見せた。

大きさに違いはあれど、この住居に息づくものは、皆同志である。けれど、貞恵は、蛞《なめ》蝓《くじ》だけは許さなかった。その侵入にとことん神経を尖らせた。思い過ごしであろうか。無花果が実をつける頃、蛞蝓は出現するようだ。

夜半、ぱっちり目を覚ました貞恵が床を抜ける。目に止まった蛞蝓は、必ず溶解の憂き目にあうのだ。前後のはっきりせぬねっとりとした軟体動物である。好む者はいまい。が、それはそれとして、何かに対して、無性に白黒つけたくなることがある。「南無――」と唱えながら貞恵はキリキリと詰め寄り、蛞蝓を箸でつまみ塩をかけ終えるや、清々《せいせい》した顔付きで引き上げるのであった。ところが、何度退けようと、必ず同じ場所に又もや仲間の顔がにっと。

同時に、貞恵の身体にも不調が現れた。微熱がつづくようになった。貞恵は、日がな一日、縁側の座椅子にしどけなく横たわり、庭に訪れるものの姿を追いつづけた。うとうとと、椅子に身を任せて半ば眠りながら……。

貞恵は物事に苛立ち、ささいなことで興奮することが多くなった。顔から大らかな明るさが消え、思いつめたような硬い表情が目立つようになった。予期していたこととはいえ、とうとう決定的なできごとが起きた。

昭和十四年（一九三九年）九月十日の朝であった。隣室から咳がした。ごほごほと咳の勢いは止まらない。同時に、血塊をこぼしつづけた。どこを撫で、どこを抑えたら止まるのか。なすすべがない。こんなに悲しく残酷な光景はあるだろうか。

民喜に抱えられ、ぐったりした貞恵。頼りない、ひとひらの木の葉のような身体であった。民喜は、これ以上、咳が貞恵を蹂躙せぬように、願うしかなかった。

結核であることが分かった。切り替えの早い貞恵である。悲痛な面持ちをしていたのは束の間、茫然としている民喜を尻目に、貞恵は、旅に出るかのようにいそいそと、入院の準備を始めるのであった。

そのまま、千葉医大付属病院に入院し、以後五年に及ぶ療養生活が始まった。

病院の庭には、赤や黄のダリヤやカンナが競い合うように咲いていた。行き場を失くした夫婦は、花のにぎやかなせめぎ合いにも、気圧されていくのであった。

「どうなるのでしょう」。貞恵は人事《ひとごと》のように言った。動揺し、困惑しているのは、むしろ、民喜の方だった。貞恵にとり縋りながら、その目を見つめ見入っているのは、夫だった。


貞恵の病は現実的なものとなった。結核は一九三〇～四〇年代の日本で、死因の一位を占める不治の病だった。

結婚により、民喜からいったん姿を消したかにみえた死への傾斜志向、その行方は――依然、民喜の中にくすぶっていたのだった。

結婚の前年の昭和七年（一九三二年）のことだった。民喜は、長光太宅の二階で、カルモチン自殺を図った。幸いにも、致死量に到らなかったことや光太の機転もあり、事なきにすんだ。事件はその場にいた二人の間で打ち止めとなり、後、知る者ぞ知る、水面下で取り沙汰されてきた。

死は届かない所にあるのではなく、子どもの時から、父や姉の死、きょうだいの早世を通して、常に身近にあった。

相次ぐ肉親の死は、その後の生活、特に彼の死生観へ大きな影響を与えた。とりわけ、感受性の鋭い子どもであっただけに、彼の人格形成に及ぼした影響には、測りしれぬ所もある。が、その一端をわたしたちは作品を通して垣間見ることができる。

次にあげる「幻燈」は、昭和十二年（一九三七年）の「三田文学」（昭12・5）に発表された民喜三十二歳の折の作品である。

(a)きんきんと金属製の音響が耳許で生じ、その一振動毎に彼の毛穴に戦慄が点火されて行つた。[*4]

(b)昂の苦悩はここで一つの絶頂に達したが、やがて、なにものかが拳を挙げて昂を乱打すると、昂を組み伏せて、すつかり身悶え出来なくさせてしまつた。そして暗闇がその上を通過した。暗闇は汽車のやうに昂の顔の上を走つた。
走り去つた汽車が物悲しいサイレンを残すと、次第にあたりは夜明けの微光が漾つて来て、どうやら雨になるらしい気流が交はつてゐた。何時の間にか昂は暗い函のなかに小さく押込められてゐた。[*5]
（(a)(b)は引用者）

(a)では、轢死への怖れが描かれ、(b)には轢死の現場、そして遺体の処理までを記す。もう一つ、「溺没」(「三田文学」昭14・9)という作品にも、戦後昭和二十六年(一九五一年)三月十三日の自裁を暗示形象化したような場面が展開している。怖れず体当たりしていき、負った損傷を冷静に克明に描く。読者はおもわず轢死への甘美な誘惑に引きこまれそうになる。

重ねて述べる。死の幻想は醜悪なものでなく、心地よいものとして描かれている。

片腕は痺れて、既に、軌道の側に転つてゐる死骸の一部と化したのか。胴の上、赤と緑のシグナルが瞬く闇に、涼風の窓を列らねた省線が走り、その女の靴の踵が、轢死した彼の上を通過してゐる。(中略)

ああ、それも、これも、背き去らねばならぬ衰運の児のさだめか。再び、彼の頭上を省線は横切り、無用の頭蓋を粉砕してしまふ。

既に、その魂魄は粉砕されてゐたのであらうか。

望めば一瞬の痛みで死は得られる。ごらんなさい、実行犯の見事な施術を、実にてきぱきとした裁きを。そこには、異様さグロテスクなものは一切見られない。

なお、この作品の末尾は、

彼は酒屋を出て、踏切の方へ歩いて行つた。今、電車は杜絶えて、あたりは森としてゐた。やがて微かに軌道が唸りはじめた。響はすぐに増して来た。光と礫の洪水の中に、異腹の兄に似た白い顔がさまよつてゐた。[*6]

である。民喜は、酒屋を出、「いつか必ず」とつぶやきながら、線路沿いに歩いていった。確実な死を実行したのは、この十三年後である。

民喜がこれらを発表した数年後、昭和十六年（一九四一年）頃より、常に携行した書物にリルケの『マルテの手記』（一九一〇）がある。

国も生まれも異なる二人の間には、約三十年の開きがある。が、二人はよく似ている。外界の刺激に対して異常に敏感で受動的であったところ、そして、死の影に脅かされながら〝生と存在〟を問いつづけ魂を引きずって生きた詩人であるところが似ていた。

その後、リルケは、『Duineser Elegien ドゥイノの悲歌』（一九二三）、『Snette an Orpheus オルフォイスに寄せるソネット』（一九二三）を高らかに記した。一方、民喜は図らずも原爆に遭い、「いつか必ず」を実行した。

この昭和十四年（一九三九年）、妻貞恵の発病とともに、民喜の作品発表は減っていくのだった。

折しも、戦時中へかけて、文学は空白期を迎える。すなわち、新感覚派は心理主義へと傾き、プロレタリア文学は思想的な対立と官憲の圧力に抗しきれず、分裂と統合を繰り返して、消滅していったのである。

この新感覚派やプロレタリア文学の二つに加え、従来の写実主義文学があった。新感覚派・プロレタリア文学・写実主義文学といった三つ巴の様相を示していたが、いずれも昭和十年前後にかけて通俗化していった。

果ては、「近代の超克」を唱え、時局順応に向かった「文学界」「日本浪曼派」。プロレタリア文学とは別の角度から時代に対決し、危機を乗り越えようとした三木清や小松清。他、戦争文学や国策文学も見られた。

が、時流に動じぬ作品を描きながら弾圧に遭い中絶を余儀なくされたり、あるいはひそかに書きつづけ、戦後を待ち望む作家はいた。

民喜は出発したばかりであった。十七、八歳頃より、ロシア文学、仏文学、英文学を愛読し、詩や小説を手がけ、細々と句作を並行させた。そこには、既成文壇も左翼も芸術派もなかった。

慶應義塾大学英文科での主任教授は、西脇順三郎で、民喜の卒業論文は「Wordsworth 論」であった。西脇の目には、印象が薄く記憶に乏しい学生であった。

常に目立たぬ所にあり、それでいて、彼なりの矜持を持ち、人間のあるべき姿を追った。昭和十九年（一九四四年）二月号の「三田文学（慰問文号）」では、注文通り、ストレートに士気を鼓舞する文章の中にあって、唯一、時流をものともせぬヒューマニティを匂わせた短文「燕」「貝殻」「牛」「猫」「津田沼」「木の葉」の六つを〈弟へ〉と題して、掲載している。

最後の「木の葉」を引く。「青い木の葉」は「青い目」なのであろう。凝った仕かけである。要求された慰問の役目を、民喜独特の方法でみごとに処理している。

木の葉

烈風が歇《や》んだ野の道を、二三人の子供がパラパラと駈出して来た。背の低い羽織を裏返しに着てゐる、何か興奮してゐると思つたら眼には青い木の葉をくり抜いて嵌めてゐるのだつた。*7

民喜にとって、貞恵の病は、青天の霹靂であった。すべもなく、妻の周りをうろうろするばかりであった。

医師は、同居している夫民喜の検査も行った。胸部は二度行ったが、異常は認められなかった。脚気の症状があった程度である。

《注記》 住居をいろどる動植物は、「吾亦紅――〈草木・蛞蝓・昆虫〉」を参考にした。

＊1 「書簡集・遺書」『定本 原民喜全集 Ⅲ』（一九七八 青土社）。
＊2 「死と夢」佐々木基一『定本 原民喜全集 別巻』（一九七九 青土社）。
＊3 右同。
＊4、5「幻燈」『定本 原民喜全集 Ⅰ』（一九七八 青土社）。
＊6 「溺没」『定本 原民喜全集 Ⅰ』（一九七八 青土社）。
＊7 「弟へ」『定本 原民喜全集 Ⅰ』（一九七八 青土社）。

（参考）
DVD『アドルフ・ヒトラー　狂気の野望』（コスミック出版）
①　意志の勝利　一九三五年
②　アドルフ・ヒトラー　知られざる真実　一九五八年
③　アドルフ・ヒトラーの肖像　一九四〇年
④　ナチスの若き戦士たち　一九四〇年
⑤　脅威の第三帝国　一九四五年
⑥　ナチス絶滅収容所　一九四六年
⑦　ナチス強制収容所　一九四六年
⑧　ニュルンベルク裁判　一九四五年
⑨　民族の祭典　一九三八年（陸上）
⑩　美の祭典　一九三八年（陸上以外）
朝日クロニクル「週刊二〇世紀」
『マルテの手記』リルケ　大山定一訳（二〇一四　六十刷　新潮社）
『リルケ詩集』　石丸静雄訳（一九七二　旺文社文庫）

七　無能

昭和十四年（一九三九年）九月、貞恵は肺結核を発病（後には糖尿病をも併発）し、五年にわたる闘病生活が始まった。入院が長引くにつれ、おのずと民喜の作品の発表は減っていった。

貞恵は、外とのパイプ役であり、代弁者であった。風邪で近くの医院を訪れる際もつきそってもらう「赤ん坊のような人」が、これからは逆に、妻の看護役として、リードする立場となった。

人任せやないがしろにできない状況が積もり、おいおい責任を任う姿勢が、生まれていったのである。

佐々木は、

病気の妻をかかえた原民喜はかえって自分のいとおしむことのできる対象ができ

たみたいに、少なくとも精神的には以前より安定した風にみえた。[*1]

と、語る。

二人の関係は、今まで、民喜側の欠落を一方的に貞恵が埋めるような形で動いていた。が、貞恵が負った不調により、民喜側からも差しのべるものが生まれた。民喜の心に、貞恵といういのちに注がれる愛が確実に育まれていった。

もっとも、時間という制約が二人を苦しめることになるのだが——。

国の繁栄を願って、資源争奪戦が表面化しぶつかり合う、時代は、侵略計画の下に、激しい戦いの渦の中に入っていく。

その急先鋒に立とうとしたのが、持たぬ国の最たる日本である。欧米の底力を軽視し、もっぱら、奇襲攻撃を頼りに又それを得意として、領土を拡大していく。

昭和十五年（一九四〇年）年九月には、日独伊三国同盟が結成され、日本は太平洋戦争へと急傾斜していった。

翌十六年十月に、東条内閣が成立するや、世界戦争の枠組みの中に組みこまれ、その表舞台に立った。

同年十二月八日、それは宣戦布告前であった。日本は、アメリカ海軍基地のハワイ真珠湾の空襲、マレー半島上陸を開始した。アメリカ、イギリス、オランダに対する戦争の始まりである。

（前略）ふと近所のラジオのただならぬ調子が彼の耳朶にピンと来た。スイッチを入れてみると、忽ち狂ほしげな軍歌や興奮の声が轟々と室内を掻き乱した。彼は惘然《もうぜん》として、息を潜め、それから氷のやうなものが背筋を貫いて走るのを感じた。苛酷な冬が来る。恐しい日は始まつたのだ。[*2]

世は確実に絶望的な方向に動いていた。対し、民喜は、ここ二、三年、何も発信できず、時を空費していた。これではいけないと奮起し立ち上がるものの、即座に押しつぶされてしまうことの連続であった。

国内では、インフレがひどくなり、貨幣価値が下落した。民喜は、依然、金利生活者であった。資産運用はままならぬ。だが、貞恵の入院費を何としてでも捻出しなければならない。さすがの民喜も一念発起し、職探しに奔走し始めた。

選んだ職種は教職であった。船橋市立船橋中学校（昭和十九年四月、県立移管）に英語嘱託講師として、週三回勤務（昭和十七年一月〜十九年三月）することとなった。

人前で話すことの不得手な人間がなぜと首を傾げたくなるが、民喜は入っていったのである。自分自身に発破をかけ、「教師は予定されていたことかもしれない。とにかく、やってみるつもりです」と、友に、決意表明とも取れる手紙を書き送った。

依然、外界が脅威であることに変わりはない。が、死守すべき大切なものがある以上、戦わなければならない。これからは、貞恵に頼らず単独で責め苦に耐えねばならぬ。ああ、何もかも、遅きに失す……。中学生を　相手に、身をすくませ、震えている場合ではないのだ。

電車で二十分、さらに、坂を往く。足取りは急《せ》き、萎縮した魂が、おずおずと従う。初日、分解しかかった人型《ひとがた》がぎくしゃくと中学の門をくぐった。民喜である。時間がさし迫り、かたまっていくのは同僚となる人たちだと思われる。すれちがったが、これも声をかけてくるどころか、皆、足早に通り過ぎて行った。

教員室では、先程、門近くで目撃した人物のことが話題となっていた。皆の目には、「異様な人物」と写ったのである。

当の本人の登場に一瞬どよめきが起こったが、紹介されると互いに型通りの挨拶をし合い、各々が受け持つ教場へと散って行った。いよいよだ。いずまいを正し、顔をこわばらせた民喜は、教室へと向かった。四十あまりの顔が、一斉に探るような目つきで窺っていた。彼らと向き合った。と言っても、民喜は、生徒の方にちらちらと視線を送るだけで、ほぼうつむきっ放しの状態である。やがて、弁当の時間となった。小使室で弁当を食べた。なぜか、たまらなく侘しかった。

貞恵に語ると、「そんなに侘《ママ》しいのなら、勤めなきゃいいでせう」[*3]と、笑い返された。満足に人と対したことのない民喜が、人間の臭いにたたられ、立往生をしている。貞恵は、何もかも理解して受け止める。やさしく労わるいつもの貞恵である。

それからも、学校の様子を報告する民喜に、新しい空気が生まれでもしたかのように、貞恵は楽しそうに聞き入るのだ。珍しげに夫を眺めるなど、病身の貞恵に、前には見られなかった明るさが加わった。

物を買って帰ると、貞恵は目をしばたたかせ、まるで一人立ちした息子に向かうがごとく喜んだ。

民喜は、勤めと病院を往来した。学校は隔日に勤務し、休みの日を午後から出かけて行くのだったが、学校帰りに立ち寄ることもあった。

病院の片隅で湯を沸かし、紅茶を淹れた。林檎をむき、トーストを食べた。民喜は、貞恵と時間を共有するだけで、心が満たされ、安らぎを覚えるのであった。

夫婦は向かい合い、相手の中に答を求めていた。そうこうするうちに、時間は過ぎていくのであった。立ち去る時、民喜に、否応なく非力さが戻ってくる。「雨ですね。もう少し待ってバスでお帰りなさい」と、貞恵が言う。

帰宅し、椅子に腰かけた。雨の浮島に一人動けないでいる自分がいた。かすかに、ほのぼのとした明かりが見える。


貞恵は、結核に糖尿病をも併発した。切羽詰まった貞恵は、入院費用の算段をもちかけてきた。郷里にある箪笥を本家に買いとってもらうつもりだというのだ。

他に手だては浮かばず、止むをえず、民喜も同意した。すると、貞恵は語気を荒らげ、「ほんとうに頼りにならん。私がどうにもならんというのに」と、なじる。

貞恵は、はっきりと夫の無能を責めたてた。だが、何と言われようと、返す言葉はなく、民喜はうつむくばかりであった。

事情を察し、救いの手は伸べられるものと思われる。ただ、本家、そして実家の反応には一波乱が予想される。

後から、女中は、貞恵からの手紙を持ち帰り、民喜に渡した。「あなたがしよんぼりと廊下の方へ出てゆかれた後姿を見送つて、おもはず涙が浮びました。体の方は大丈夫なのでせうね、余計な心配かけて済みませんでした、……」[*4]と、あった。どこまでも大人である。

爽やかでしのぎやすい日がつづいた。主治医の計らいが功を奏したか。糖尿病において、回復の兆しがわずかながら見えた。貞恵は、「もうこれからは、独りで病気の加減を知ることが出来さうよ、どうすればいいかわかつて」（中略）「尿を舐めてみたの、すると、とてもあまかつた、糖がすつかり出てしまふのね」[*5]と、笑いの中に悲痛を混じえながら、語るのだった。

この病院でも、次々と医師が召集されていった。貞恵の担当医も、今後どうなるか。これからの治療に、確約は望めないのである。が、どんな時でも、貞恵は前向きであった。食事療法を身につけるため、三度毎の食事を書き止めておくのだった。

ある日、民喜は、貞恵の姿に、息を飲んだ。その美しさには、現《うつつ》の者とは思われぬ透明感が漂い、清冽な流れに身を清めているかのような神々しささえあった。

貞恵は微笑んだ。

「お祈りをすることにしたの。何も考えないで、ただ、ひたすらお祈りするの。今度おいでの時、聖書を持って来てくださいな」

帰宅し、聖書を探した。二十年前、民喜が慕っていた姉のツル（大正七年死去・二十一歳）から、形見に貰ったものである。少年の日の数少ない甘美な思い出に、次女の存在があった。民喜は、十二、三歳の頃、ツルから、『聖書』や『クオ・ヴァディス』を奨められ、読んでいた。

今、時空を越えて、姉から妻貞恵の手に聖書が渡る――祈りは結びて円環となり空をめぐる。ひょっとしたら、このまま、現《うつつ》は丸ごと掬《すく》い取られ、飛び立ってしまうのではないか。不安がよぎる。まなかいには、手を取り合った姉と貞恵の姿がしきりに浮かぶ。

翌日、民喜は、聖書を携え、病院へと向かった。すると、病院の建物が、ゴシック様式の大聖堂に変貌しているではないか。出入りしているのは、聖女たちである。聖女がナースの仕事を受け持っていたのだ。いぶかりつつも、民喜は、古びた建物の中に吸いこまれていった。

担当医から連絡を受け、民喜は待合室にいた。貞恵の容態は一向に安定せず、不安材料だらけであった。腰を下ろしていても、何を言われるかと、落ち着かなかった。

先生は、「召集がかかりました」と、ぽつりと言った。民喜は、予期せぬことではなかったが、目の前が真っ暗となった。困惑し、言葉を失った。医者はすかさず言った。「インシュリンはあなたの方で手に入りませんか」。「それがあてがないのです」。民喜は悲しそうに応えた。

今は、その医大病院でも、薬の入手は困難だった。が、「そうですか」では済まされぬ。インシュリンの注射薬一つに、貞恵の生命がかかっていた。世間慣れのせぬ民喜とて、やすやすと引き下がるわけにはいかぬ。民喜は仁王立ちとなり、全身から言葉を絞り出した。「な、なんとかお願いできないでしょうか」。先生は、「そうですか、引きつづいて取り寄せるよう計らってみましょう、お大事に」と言うと、立ち去った。

今後は、薬の供給も危ぶまれた。危機が迫っていた。既に、アメリカは、石油製品の対日輸出禁止（昭和十六年八月）を実施していた。政府も金属類回収令（同年八月）を公布し、あらゆる生活用具から、金属製品が没収された。衣服、みそ、醬油などが配給制になり、生活物資がどんどん姿を消していった。

日増しに切りつめられ、圧迫される事態に、皆、悲鳴をあげながらも、口にする者はいなかった。

締めつけはもうひとつ、勤労奉仕の日常化であった。すべての日本国民は、官憲や隣組といった組織の力の下にあった。皆、感情を押し殺し、戦争まっしぐらのうねりの中に、呑みこまれていったのである。

文化面にも、積極的な言論統制が行われた。昭和十六年（一九四一年）十二月十九日、言論出版集会結社等臨時取締法公布。二十一日施行される。

文学作品にも監視の目が光り、紙の供給も途絶え、仕事は足踏み状態を余儀なくされた。まだ無名の民喜とて、例外ではなかった。作品発表は、唯一、「三田文学」誌上で、昭和十七年に三本、十八年には一本のみで、短篇に限られた。

夫婦で世界に対峙し、一つの想像力でありえた時、貞恵が民喜の回廊を果たし、見事な通訳であった。今の民喜は、身も心も難破しかかっていた。

《注記》病院や学校の様子は、「美しき死の岸に」「冬日記」「秋日記」（『定本　原民喜全集 Ⅱ』一九七八 青土社）を参考にする。

＊1　佐々木基一『昭和文学交友記』（『原民喜戦後全小説▲下▼』一九九五　講談社文芸文庫）。

＊2、3　「冬日記」（『定本 原民喜全集 Ⅱ』一九七八　青土社）。
＊4、5　「秋日記」（『定本 原民喜全集 Ⅱ』一九七八　青土社）。

DVD『激闘！太平洋戦争』（二〇一四　コスミック出版）
1　奇襲！真珠湾、2　ミッドウェイ海戦、3　ガダルカナル、4　死闘！ソロモン諸島、5　壮絶！
タラワ攻防戦、6　激突！マーシャル諸島、7　壮烈！マリアナ沖海戦、8　激闘！レイテ沖海戦、
9　地獄の戦場　硫黄島、10　終局の本土空爆

八　遺言状

真珠湾攻撃で、日本は太平洋戦争に突入した。明けて昭和十七年（一九四二年）一月二日、日本軍はマニラを占領。さらに、シンガポール（昭南島）を占領した。三月一日にはインドネシアのジャワに上陸、八月ラングーン（ビルマ）を占領した。

だが、日本軍が優勢だったのは、わずか半年間だった。昭和十七年六月、海軍はミッドウェー海戦で無残に敗れ、ガダルカナル島での敗北が続いた。翌十八年、山本五十六司令長官が戦死した。

一方、国内でも、主要都市が、相次いで空襲の被害に喘ぐようになった。

容態はおもわしからず。一進一退を繰り返しながらも、貞恵は十九年三月、大学病院を退院した。千葉の自宅で養生をするようになった。どんな形であろうとも、「貞恵が在る」ということが今の民喜の心の拠りどころであった。

貞恵の退院を見越し、新年早々、母スミと弟佐々木基一とが同居するようになった。母には、娘貞恵の介護をになってもらうこととなった。

民喜は、三月に船橋中学校を退職していた。英語は、敵性言語として、あからさまに退けられるようになっていた。

在宅の身となり、民喜も、貞恵の介護の一翼をになうことになった。貞恵への冷水摩擦がその日課となった。三月とはいえ、朝方はまだ肌寒かった。昼日中の暖かい時間帯に、貞恵の体調を見計らって行った。

あらためて、民喜は、貞恵の変貌ぶりに驚き、涙がこみ上げてきた。衣を解くと、平たい無機質な身体が現れた。白蠟《はくろう》と化して、光に召された姿。固く微動だにしない。民喜は、自身の温もりを伝えていこうと、手ぬぐいをつかんだ。刺激を与え、少しでも生気を取り戻さねばという思いに駆られる。手ぬぐいを堅く絞る。そして、下半身から上半身へと、皮膚をこすっていった。

扁平な足先、殺ぎ落とされた膝を仕上げ、腹へと向かう。下半身が露わになる。もう受け入れ、交わりて歓びの声をあげることはないのか。肉体はあまりにも痛々しい。民喜は、弾力のあるふくよかな厚みを思い起こし、持ち前の光沢を磨き出すかのように、丁寧にこすっていく。上半身の、いたいけない少女のような小さな胸にも、布を当てていく。手は背へと移り、首筋をなであげる。貞恵は顎《あご》を反らしてくる。「そうか、そうか。気持ちよいのか」と、首筋にそっと唇をあてる。貞恵の目に涙がにじむ。民喜はいとおしそうに、より丹念に磨きあげる。うれしそうに、貞恵は、眼を細め、うっとりとした表情をする。深いところでの眩《くるめ》き、狂おしさに二人して墜ちた時もあった。激情は遠い記憶となった。まぶしい時間だった。今は、堪能することなく完了する。

このわずかな時間の肉体的接触が互いの気分を落ち着かせ、言葉を埋める大きな働きをする。マッサージ後は、決まってさわやかな微笑が生まれ、夫婦の心が密に通い合うのだ。けれど、貞恵の容態はおもわしくなかった。人間としての欲望、生命力の源としての欲望が消えかかっていた。生きる意欲が失われ、病に深くむしばまれていた。

夜間、咳の発作に、翻弄されるようになった。発作の激しさは、同じ屋根の下にある家族をなめつくす。こぞって荒れ狂う海原に立ち、歯をくいしばるのだ。それから家族は一丸となって見守りつづける。ありったけの力で戦っている貞恵に、一刻も早く凪《なぎ》が訪れますようにと……。が、激痛を許すたび、貞恵は体力を消耗し、衰弱していった。

貞恵は、枕元に手帳を置き、遺言状をしたためていた。

第一ページには、

蓋《そは》もし衣にだにも捫《さは》らば愈《いえ》んと意《おも》へばなりイエスふりかへり婦《をんな》を見て曰けるは女《むすめ》よ心安かれ爾《なんぢ》の信仰なんぢを愈せり即ち婦この時より愈《いゆ》*

と記し、「昭和十九年三月二十九日午後八時四十分*」と、ある。

別に記していた食事メモの記録には、欄外に、「夜法話を聞き眠れなく気分悪し、ホテリ*」とある。

マタイ伝中、「十二年血漏を患《わずら》へる婦《をんな》うしろに来て其衣の裾に捫《さは》れり*」の句に、つづくものである。

貞恵は、自身を「十二年血漏を患へる婦」になぞらえたのである。もう、何も恐れることはなかった。「爾の信仰なんぢを癒せり」――つまり、自分を信じ祈りつづける。完《まっと》うすればよいのだから。

「三月二十九日午後八時四十分」、貞恵にこれからの道が示されたのだった。今後も、今までと同様、平穏に歩む日々が待っていた。

死去したのが九月二十八日であるから、啓示を、半年前に受けることができた。

＊「忘れがたみ」『原民喜戦後全小説▲上▼』（一九九五　講談社文芸文庫）。

《参考》
「朝日クロニクル　週刊20世紀」（朝日新聞社）。
「冬日記」（冷水摩擦の場面）。

九　事件

啓示を受け折り合いのついた貞恵は、明るく振る舞うようになった。

ところが、昭和十九年（一九四四年）の四月、事件が起きた。同居している弟佐々木基一の治安維持法違反容疑である。基一は、特高警察に二十七日に検挙され、世田谷署に留置の身となった。

基一は、東京大学卒業後、文部省社会教育局映画課や日伊協会に勤務する。傍ら、「映画評論」、「構想」、「現代文学」の同人となり、誌上で、「戦争に対決する作家の主体と方法」を誠実に問いつづけ、批評家の道を歩み出していた。そのような基一の姿勢が、検挙の主因となった。

治安維持法は、大正十四年（一九二五年）に普通選挙法とともに成立したが、太平洋戦争末期には拡大解釈の下、ファシズムに利用されるようになった。法の下、時の政府は警察手段を行使し、思想・言論・結社の自由を奪うなどの暴挙に及んだ。いわば、反政府・

反軍事行動・思想などを弾圧する法的根拠とされた。太平洋戦争後の昭和二十年（一九四五年）十月に廃止された。

姉貞恵の衝撃は大きかった。すぐ下の弟である。民喜の世界を支持し、貞恵を全面的に助けてくれていた。貞恵の結婚に対する家からの圧力をなんとか払いのけ、ここまでやってこれたのは、弟基一のおかげであった。

貞恵は刑の厳しさを慮《おもんぱか》り、弟を救出するための思案に暮れた。眠れぬ日々がつづいたのである。極刑も意識し、不安のあまり、病状はますます悪化していった。

が、不幸中の幸い、初夏には、基一の胸部疾患のため、執行停止となった。基一は釈放されたのだった。

夏に入り、基一は、信濃追分に療養に向かった。そこで、堀辰雄、中村真一郎、加藤周一らと出会った。

堀辰雄は、『風立ちぬ』（昭13）を書き上げた後で、王朝物に手を染め、長編小説にも意欲を示していた。しかし、健康状態が問題だった。青年期からの宿痾が悪化し、苦しんでいた。昭和十九年三月には、数度にわたり激しい喀血があった。以後、信濃追分に居を構え、半ば隠棲していたのだった。まだ四十歳であったが、作品活動はほとんど停止し、療養を中心とした生活であった。

戦後は、「雪の上の足跡」（「新潮」昭21・3）を書いたのみで、昭和二十八年五月二十八日に、四十八歳の生涯を閉じた。


罹患が理由となり、基一は極刑を免れることができた。当時、ペニシリンの特効薬は入手困難であり、肺結核は不治の病と見做されたのだ。基一の釈放に、親族縁者は、一先ず、安堵の胸をなでおろした。が、むろん、あからさまに喜びを表現することは、差し控えられた。

それが、貞恵の病状に上向きに響けばよいのだが、すでに病み疲れ、眼は大きく虚ろに見開かれていた。

民喜は、長光太の紹介で、朝日映画社の嘱託として、週一、二回、東京での勤務に就いた。重病人を抱えた生活には、妥当でありがたいことであった。

十　疾い星

朝日映画社の仕事は、週に一、二度であったが、電車に乗り、東京まで出向かねばならなかった。実際の映画作りは不可能な状況なので、企画をたてるという名目で、試写を見、合評会をする。

いつもの通り、民喜は、椅子に掛け黙りこくったまま、一日の仕事を了えた。帰りは、そのまま逆行程で、一目散に家路へと向かう。混雑をくぐり抜け、電車に乗り、日がな一日を静かに祈りつづける妻のもとへと急ぐ。

寝たきりの妻であるが、その存在だけで十分なのだ。民喜の神経をなだめ励ましてくれるのは、貞恵なのだから。

今日一日、民喜が負った外からの圧迫を、にこやかに受け止め、それから、ぽつりと言った。

「死んで行つてしまつた方がいいのでせう。こんなに長わづらひをしてゐるよりか」
（中略）
「もとどほりの健康には戻れないかもしれないが、寝たり起きたり位の状態で、とにかく生きつづけてゐてもらひたいね」[*1]

貞恵はほっとした表情で、「母さんもそれと同じことを云つてゐました」[*1]と、うなずいた。たとえ病床にあろうとも、同じ空気を吸い、時々言葉を交わすということが、今は大切に思え、民喜には拠りどころとなっていた。

かつて、民喜と貞恵は、出会ってしまったのだった。遠い日の夏の朝だった。日がこぼれ落ちる葡萄棚の下で、青白い中学生と小さな女の子が、偶然、顔を合わせたのだった。少女は、すばやく、中学生の視線を逃れ叔父の背後に隠れてしまったものの、その瞬間、彼らの生涯は決定したのであった。

九月も下旬になると、温かさの中にいくぶん冷気も感じられるようになった。八年前に、民喜が母ムメ（昭和十一年死去・六十二歳）と死に別れたのも、この季節である。

貞恵は、病床で、「けふはお母さんの命日ね」[*2]と、呟いた。その三日後に、貞恵は逝ってしまうのだが、間際の間際まで、目も頭脳も明晰な女性だった。

一週間前に、貞恵は、すでに遺書を認めていた。別離は迫った。吐き気に襲われ、食事が取れなくなり、苦しみが表に現れた。うめき声が響く。

少女の頃、貞恵は、危篤に陥ったことがあった。彼岸を埋め尽くし咲き乱れる花々、その一つに触れるだけでよかった。

民喜は、せめて、最期が穏やかなものであってほしいと祈りつづけた。が、うめき声は止まず、苦痛はいくたびも訪れるのだった。


「お腹を撫でてやつて下さい。あなたに撫でてもらひたいと云つてゐます[*1]」


と、母親が言った。

指先でそっと揉《も》んでいると、苦しみはもろともにあり、疼きの渦中を手を携え、さまよう二人であった。『楽になりたいのだな』。民喜は理解した。で、言葉を、別れにふさわしい言葉を探した。けれど、月並みな言葉しか浮かばない。

貞恵の苦悶は、哀切な声となり、悲痛な調子となった。「つらいわ、つらいわ[*1]」と、何度も繰り返す。

覚悟を決め、民喜は医者を呼んだ。医者は聴診器を置くと注射の用意をした。そして、家族に危篤であると告げた。

貞恵に声をかけた。「どうだ、少しは楽になつたか[*1]」

貞恵は、眼を閉じたまま、頭を左右に振っている。「そうか、つらいのか――」

手をそえる。と、急に、

「あ、迅い、迅い、星[*1]……」

と、言ったきり、混濁状態となった。そのうち、うめき声も衰えていき、息は途絶えた。

*

昭和二十年（一九四五年）八月六日、広島にあった民喜は、爆心地から一・二キロ圏で被爆するも、一命を取り止めた。

民喜が目にし民喜が負ったもの、それを言い表すことは難しい。かつて誰も味わったことのない悲惨な体験であった。六日夕刻より、一作家の誠実な戦いが始まった。

発進の仕方に、作家の才量がある。戦後、特筆すべきは、やはり、積極的に外に向けた方法を取った椎名麟三（「深夜の酒宴」昭22）や田村泰次郎（「肉体の門」昭22）などの試みであろう。

反して、民喜は、その性格から、課題を内へ内へと抱えこんでいった。

戦後五年が経った。その間、原爆の実体験をもとに、小説「夏の花」を、完全な形ではないが、紆余曲折の末、「三田文学」（昭22・6）に発表していた。

「夏の花」は、翌二十三年（一九四八年）十二月には、加藤道夫の戯曲「なよたけ」とともに、水上滝太郎賞を受賞した。

民喜は、終始客観的に、人類が初めて遭遇した過酷な体験を追った。現実に対峙する姿勢、そのリアリズムは際立っていた。

その後、「夏の花」の続篇ともいうべき「廃墟から」（「三田文学」昭22・11）、それまでの時間「壊滅の序曲」（「近代文学」昭24・1）を発表する。いわゆる三部作である。

山本健吉は、「原子爆弾がこの街を訪れるまでには、まだ四十時間あまりあった。*3」を引き、「それ以来、小説らしい小説を書かなくなりました」（『定本 原民喜全集 別巻』「詩人の死」）と、指摘する。

友の、本質を突いた言葉である。山本は、俳句や「私小説作家論」で名を成した。特に、日本独特の表現世界を究め、光を当てた業績は偉大である。

山本の指摘をもとに、「壊滅の序曲」の最終行を繰り返し読んでみると、絶体絶命の未来が見事に集約されている。

なお、山本の言う小説らしい小説とは何か。多少資料は古いがミュア[*4]やラボック[*5]を参考にして、次のように考えてみた。

○時代や状況を鑑《かんが》み、作家の描く戦時下の世界が、作品を通して独創的な問題提起をしているか。
○特に、戦争と人間の問題を取り上げ、原爆被災者に対して新しい焦点を当てて問題提起をしているか。
○作品の到達点を何に見ているか。
○さらに、人物造型等、細部への配慮を怠らず進展させる技量を持っているか。

等、挙げられよう。

平和や戦争に対する考えは随処に見かけ、拾うことができる。その他の項目は、説明にまでつなげることができるかどうかは疑わしい。

その中で、人物造型が他の二作品より生き生きと描き出されているのが、「壊滅の序曲」である。

順一（長兄信嗣）と妻高子（嫂寿美江）の葛藤が肉迫していて興味深い。欲を言えば、小説である以上、より複雑に絡ませてほしいとも思う。時局をものともせず我流を貫く高子の姿に、かえって頼もしさを感じてしまう。なぜか。自分を曲げて一斉に戦争になだれこんだこの国の過去に因があるからなのか。


小説という言葉を安易に口にしているが、民喜が目にしているものを表現する適切な方法なのか。赤裸な現実を前に、言葉が次々と乖離していく。原子爆弾は、従来の規範のことごとくを一蹴したのだった。

それを示すかのように、小説「夏の花」には、民喜の言葉にも綻びが見える。とうとう我慢の限界に達し、直視することに耐えられなくなった。


路はまだ処々で煙り、死臭に満ちてゐる。川を越すたびに、橋が墜《ふさ》ちてゐないのを意外に思つた。この辺の印象は、どうも片仮名で描きなぐる方が応はしいやうだ。それで次に、そんな一節を挿入しておく。

ギラギラノ破片ヤ
灰白色ノ燃エガラガ
ヒロビロトシタ　パノラマノヤウニ
アカクヤケタダレタ　ニンゲンノ死体ノキメウナリズム
スベテアッタコトカ　アリエタコトナノカ
パット剝ギトッテシマッタ　アトノセカイ
テンプクシタ電車ノワキノ
馬ノ胴ナンカノ　フクラミカタハ
ブスブストケムル電線ノニホヒ

筆が進まない。惨劇以来、全ての現実に行き止まりが見えてしまうのだ。常に向こう側の世界が迫り来る。恐怖のあまり、内面、彼にあっては神経がそばだっていく。で、神経は、リルケと同様、切り裂かれていく。

民喜は全身感性の人である。ピリピリと先ずは感性が反応する。身体は正直で、過酷な現実に直面すると、粉飾は剝がれ本質が顔を出す。本質は固有のものである。それは、民喜の内面の必然のままにイメージを紡ぎ出す。眼前にありありと、心憎いまでのイメージを描出する。

「幻燈」（「三田文学」昭12・5）、「溺没」（「三田文学」昭14・9）等でみた轢死の場面、そのイメージは現実さながらに心にくいこんでくる。この筆致の生々しさは、内面のイメージがもたらしたものなのか。原民喜は事細かにイメージを俎上に載せる。酷い作業である。眼を外らさず描出する。その冷静さに驚くとともに、正真正銘の詩人であったと思う。

昭和二十四年（一九四九年）五月、「群像」編集長高橋清次から百枚の原稿依頼を受ける。約一カ月足らずでの集中執筆となった。

一人称で書いたもので、原爆の犠牲者・体験者の嘆き、祈り、叫びなどのもろもろの感情を見つめて、心のおもむくままに書き記した作品である。

ジャンルを問う必要はない。束縛の無さから言えば、詩に近い。それが、「鎮魂歌」である。

「一つの嘆きは無数の嘆きと結びつく」という詞が語っているように、貞恵の「つらい」「つらい」という苦しみをともなう嘆きのフレーズが、被爆者のつらさをかこつ無限の嘆きとなって重なり、呼応し合いながら固く結ばれている。
「鎮魂歌」は、図らずも犠牲となった十万[*6]を超える無辜《むこ》の人々、なおも苦しむ被爆者の方々、そして、御家族の祈りに導かれた死の想念の完成でもあった。

　アア　オ母サン　オ父サン　早ク夜ガアケナイノカシラ
窪地で死悶えてゐた女学生の祈りが僕に戻つてくる。
兵隊サン　兵隊サン　助ケテ
鳥居の下で反転してゐる火傷娘の真赤な泣声が僕に戻つてくる。
アア　誰カ僕ヲ助ケテ下サイ　看護婦サン　先生
真黒な口をひらいて、きれぎれに弱々しく訴へてゐる青年の声が僕に戻つてくる、戻つてくる、戻つてくる、さまざまの嘆きの声のなかから、
　ああ、つらい　つらい
と、お前の最後の声が僕のなかできこえてくる。さうだ、僕は今漸くわかりかけて来た。僕がいつ頃から眠れなくなつたのか、何年間僕が眠らないでゐるのか。……あの頃から僕は人間の声の何ごともない音色のなかにも、ふと断末魔の音色がきこえた。面白さうに笑ひあつてゐる人間の声の下から、ジーンと胸を潰すものがひびいて来

た。何ごともない普通の人間の顔の単純な姿のなかにも、すぐ死の痙攣や生の割れ目が見えだして来た。いたるところに、あらゆる瞬間にそれらはあつた。人間一人一人の核心のなかに灼きつけられてゐた。人間の一人一人からいつでも無数の危機や魂の惨劇が飛出しさうになつた。それらはあつた。それらはあつた。それらはあつた。それらはあつた。それらはきびしく僕に立ちむかつて来た。僕はそのために圧潰《おしつぶ》されさうになつてゐるのだ。僕は僕に訊ねる。救ひはないのか、救ひはないのか。だが、僕にはわからないのだ。僕は僕の眼を捥ぎとりたい。僕は僕の耳を截り捨てたい。だが、それらはあつた、それらはあつた、僕は錯乱してゐるのだらうか。僕のまはりをぞろぞろ歩き廻つてゐる人間……あれは僕ではない。僕ではない。だが、それはあつた。それらはあつた。僕の頭のなかを歩き廻つてゐる群衆……あれは僕ではない。僕ではない。だが、それらはあつた、それらはあつた。

それらはあつた。それらはあつた。と、ふと僕のなかで、お前の声がきこえてくる。昔から昔から、それらはあつた、と……。さうだ、僕はもつともつとはつきり憶ひ出せて来た。お前は僕のなかに、それらを視つめてゐたのか。僕もお前のなかに、それらを視てゐたのではなかつたか。救ひはないのか、救ひはないのか、と僕たちは昔から叫びあつてゐたのだらうか。それだけが、僕たちの生きてゐた記憶ではなかつたのか。だが救ひは。僕にはやはりわからないのだ。お前は救はれたのだらうか。僕にはわからない。僕にわかるのは救ひを求める嘆きのなかに僕たちがゐたといふことだけだ。そして僕はゐる、今もゐる、その嘆きのなかにつらぬかれて生き残つてゐる。そしてお前はゐる、今もゐる、恐らくはその嘆きのかなたに……。[*7]

＊1　「美しき死の岸に」『定本　原民喜全集Ⅱ』（一九七八　青土社）。
＊2　「死のなかの風景」『定本　原民喜全集Ⅱ』（一九七八　青土社）。
＊3　「壊滅の序曲」『定本　原民喜全集Ⅰ』（一九七八　青土社）。
＊4　『小説の構造』Ｅ・ミュア　佐伯彰一訳（一九七三　ダヴィッド社）。
＊5　『小説の技術』Ｐ・ラボック　佐伯彰一訳（一九七三　ダヴィッド社）。
＊6　広島市はかねてから各種の死亡者リストに記載されている死亡者名のレコードリンケージ（記録照合）をおこなうことにより、広島市民の被爆による死亡者数を把握する作業をすすめており、この作業はなお継続中である。その中間報告によると、一九四五年末までに最低七万人の死亡のあったことが確認されている。この数字を基礎に広島市、広島大学原爆放射能医学研究所、放射線影響研究所の研究者らが、従来報告されてきた各種の推定値を検討した結果では、広島市民の被爆後急性期（二〜四カ月以内）の死亡者数は七万ないし十万人とみるのが適当であろうとの結論に達した（一九八二年十二月）。なお、一般市民以外の軍人・軍属および市内へ通勤、勤労奉仕などのため入っていて被爆し死亡した人びとの数の推定は困難であるが、約二万人と考えられるという。したがって、広島における被爆後急性期の総死亡者数は、現在のところ九万〜十二万人と推定されている。〈壊滅した町——広島〉広島市・長崎市　原爆災害誌編集委員会編　原爆災害　ヒロシマ・ナガサキ（二〇〇五

岩波現代文庫)。

＊7 「鎮魂歌」『定本 原民喜全集 Ⅱ』(一九七八 青土社)。

支援　あればこそ　あとがきに代えて

うっかり、ぼんやりを侮るなかれ。思わぬ事故につながる恐れあり。そのまさかが日常の暮らしを侵しはじめた。老化現象。多くは悲劇を生む。私も例外ではない。

寝る・起きる・食べるの三つを柱に、身体の要求するままに暮らす。薬を握りしめながら、一日、一、二時間は自由なゴールデンタイムが生まれる。今まで通り、文芸に親しむ。時に不遜を承知で、より高い所へと作業を進めてみる。何も言わないつれにも感謝して。

友はありがたい。かけがえのない存在である。孤独な民喜にも、少年時より常にサポートしてくれる友がいた。長光太、熊平武二、山本健吉らである。

女の場合は、家庭をもつとなかなかそうはいかないのだが……。

さて、私の友の、時には司令塔ともなるSさん。湘南新宿ライン・新宿駅ホームの真ん中にて、待っていてくれた。第一声、「懐かしいでしょ、新宿よ」。そうだ。中野坂上の私立学校に勤務していたこともあった。新宿は私のかつての根城だった。

俳句文学館のある新大久保へは一駅である。乗り換えを駅員に訊くと、一たん外に出て通りを横切り、また、ホームに戻らねばならぬと言う。なんということだ。天下の新宿がこのありさまだ。ハンディのある者のことは一切眼中にはない。これでオリンピック招致かと、いつものように二人して不平不満たらたらとあたり構わず飛ばしながら、私は私で手押し車を猛然と引きずって抜け道を行き、俳句文学館にたどりつく。

戦時中の句誌「草茎」や出版物に対面する。全体的に埃っぽく、保管状態もあまりよくない。欠号もあるが、雑誌「草茎」は戦前から戦後にかけてほぼ揃っている。コピー代は一枚五十円だという。共に頁を繰ってくれる友に感謝する。「草茎」誌より、民喜夫妻の句作品のほとんどを閲覧する。帰宅後、全集にて確認。

手を念入りに洗い、昼は館内で持参の弁当を食べた。

帰り、再会を約し、「あれはぼったくり、ぼったくり。なぜぼったくる」と言いながら、帰途に着いた。

その後、又、Sさんに電話をし、私の依頼を受けた氏は、本の調達に丸善に飛んだ。高浜虚子の『俳諧師』が見当たらない。確か、寺田寅彦と一緒にしておいたはず。青年期の民喜が熱心に学んだとされる文章読本を再度読んでおきたい。折返し、S子さんから本が届く。あの通販と変わらぬ速さだった。

助っ人二人目は、大学入学十八歳以来の、なんと半世紀に及ぶ友人平井仁子である。

日本経済新聞に連載された梯久美子氏による「原民喜〈愛の顚末〉①～⑤」（二〇一四・一一・九～一一・七）の記事をせっせと切り抜き、送ってくれた。

翌二月、現「三田文学」編集長若松英輔氏の「原民喜の小さな手帳」という切々たる死への思いを載せた記事も送ってくれた。ありがたい。

なお、半世紀とは、平井が『源氏物語』に掛けた時間でもある。仁子流『源氏物語』の行方、ますます楽しみである。

連載はすでに終わっていたが、感想と見解の相違に触れて、新聞の編集室に送った。

二〇一八年、梯氏は念入りな調査の末、単行本を刊行した。敢えて私の出番はないと思われるが、現代にも通じる民喜の感受性を私なりに大切にしたいと考える。私の場合、作品に寄り添う形での古典的なやり方でしかないが、これはこれで、書き手の成熟度いかんで独自の視点から詩人の本質に迫ることもできよう。いずれにしろ、民喜の世界がますます広がっていくことは、うれしいかぎりである。

前回の『花の幻—評伝・原民喜』につづき、今回も全面的に土曜美術社出版販売の高木祐子氏に御尽力を賜りました。スタッフの皆様の細やかな御心配り、引きつづき快く装丁を引き受けて下さった森本良成氏に深く心よりお礼を申し上げます。

二〇一九年三月一日

小野恵美子

＊　登場人物の氏名は、親族や文学関係者、その他関わりの深い人物は実名とし、使用人・出入りの方等は実名を外しました。

著者略歴

小野恵美子（おの・えみこ）

1949年　栃木県生まれ。

著書　詩集『昼の記憶』『平熱』『赤い犬』『路地』

評論『花の幻—評伝・原民喜』

現住所　〒360-0832　埼玉県熊谷市小島888-1　滝沢方

おたんちん——評伝・原民喜 II

—貞恵抄—

発行　二〇一九年八月十五日

著者　小野恵美子

装丁　森本良成

発行者　高木祐子

発行所　土曜美術社出版販売

〒162-0813　東京都新宿区東五軒町三—一〇

電話　〇三—五二二九—〇七三〇

FAX　〇三—五二二九—〇七三二

振替　〇〇一六〇—九—七五六九〇九

印刷・製本　モリモト印刷

ISBN978-4-8120-2508-6　C0095